I0681530

LE
COMTE DONAMAR.

TOME PREMIER.

baot del   mariage

LE
COMTE DONAMAR

ou les Fantômes

de l'Imagination

Traduit de l'Allemand

par T. B. M.

SECONDE ÉDITION

Qu'est-ce après tout que le bonheur, sinon
une manière plus agréable d'être trompé.
Morel. Page 4.

TOME PREMIER

✳

PARIS

Durosiers libraire rue Baillif, N. 5.

près la place des Victoires.

Boudle fils Sculp.

LE
COMTE DONAMAR.

LETTRE PREMIÈRE.

Le Comte Donamar à Ferdinand de Seltitz.

Du camp de Blumberg, le 2 Septembre 1758.

Le dez est jetté. Fatigué d'obéir à l'impulsion aveugle du destin, je veux enfin essayer d'être mon propre guide. Mon propre guide! quelle idée! comme si la fatalité n'employait pas, pour nous conduire à ses fins, la plupart

A 2

des moyens que nous croyons opposer à son caprice ! Qu'en penses-tu, Seltitz? Mais qu'est-ce après tout que le bonheur, sinon une manière plus agréable d'être trompé?

Je suis soldat prussien, mon ami. Je ne pouvais pas vous donner de plus mauvaises nouvelles à vous autres bonnes gens dévoués au parti de l'Empire; mais enfin je suis soldat prussien, capitaine dans le ...tième régiment des Cuirassiers, fermement résolu à poursuivre la carrière dans laquelle je suis entré, et déterminé à n'en faire qu'à ma tête dans le cas même où je voudrais la quitter pour en parcou-

rir une autre. Voilà, mon cher
Seltitz, ce que je te prie de dire
à mon oncle et à tous ceux qui
pourraient être tentés de se donner des peines inutiles pour me
détourner de mon dessein.

Mais à toi, mon bon ami,
je dois quelque chose de plus
qu'une simple déclaration de ma
volonté. Malgré la distance et
les gouvernemens qui nous séparent, tu es toujours mon cher
Seltitz. Je t'aimerai dans le tumulte des camps, comme je l'ai
fait au milieu des folies joyeuses
de notre académie, comme je
l'ai fait au sein de l'ennuyeuse
uniformité de notre cour. Je
n'ai qu'une grace à te demander

A 3

avec autant de ferveur que d'instance. C'est, tandis que tu es
encore disposé à me juger avec
amitié, de ne jamais censurer
mes propres actions avant que
je ne le fasse moi-même, de ne
jamais me sacrifier aux autres,
et sur-tout de ne point me comparer avec ceux qui valent mieux
que moi, comme avec toi, par
exemple. Ta philosophie aimante
te fait concevoir la possibilité
d'une voie commune sur laquelle
on verrait tous les hommes s'a-
vancer d'un effort unanime vers
le bonheur et la tranquillité.
Ton amour pour l'humanité a
tout bravé pour lui montrer cette
route de la manière la plus dis-
tincte. Mais il n'est point de

chemin de traverse que tu ne regardes comme un sentier d'erreur, et qui, sous cet aspect, ne te paraisse impraticable. Cette doctrine, mon cher Seltitz, est injuste, intolérante et impérieuse. Tes bonnes intentions te conduisent à l'opiniâtreté, et ton zèle pour la liberté des hommes te porte à les opprimer, comme le fait notre vénérable église qui veut s'arroger exclusivement le droit de les rendre heureux.

Crois - moi, Seltitz, il n'est point de forme que la nature n'adopte comme sienne. Quand nous voyons le tems et les circonstances pétrir et modeler la plupart de ces formes comme

une terre ductile, n'est-ce point
une preuve que la nature a retiré sa main pour laisser au
concours des causes extérieures
le droit de perfectionner son ouvrage? Ces circonstances étrangères ont peu de part à la pro-
duction des objets sur lesquels
elle s'est réservé la dernière
main. Elle donne au diamant sa
crystallisation en pyramide à
deux pointes; pour la lui ôter et
le réduire aux formes qu'exige
le caprice d'un entourage, nous
sommes obligés de le réduire en
poudre.

Voilà donc un point doréna-
vant arrêté. Nous allons suivre
de front le chemin dans lequel

la nature nous a lancés : deux
ames peuvent être éloignées l'une
de l'autre sans se sentir séparées.

Souviens-toi , Seltitz , vers
quel point se sont dirigées toutes
mes sensations, du moment où
je commençai à en éprouver.
Souviens-toi que ces lueurs obs-
cures de liberté et de patrie s'é-
taient éclaircies dans mon esprit
avant que j'en eusse puisé les no-
tions erronnées, répandues dans
les écrits du jours. Souviens-toi
que, dès son enfance, le bouillant
Donamar n'entendait point sans
courroux des lèvres impures profaner le nom sacré de *Germanie.*
Ce feu qui m'inspirait, ne s'est
pas éteint dans mon ame. Mes

sentimens ont mûri avec moi
sans éprouver d'altération. *Loin
de cette cour !* criait nuit et jour
une voix dans mon oreille ; et
j'eusse risqué, il y a un an, la
démarche que je hasarde aujour-
d'hui, si l'homme n'était point
réduit à traîner par-tout le fardeau de mille obligations mo-
rales, comme un limaçon qui ne
peut marcher sans porter sa
maison avec lui.

Plût à Dieu que je fusse parti
il y a un an ! parti seulement
six semaines plutôt ! j'aurais emporté du moins un cœur exempt
de troubles dans ma nouvelle
carrière. Mais j'ai manqué l'instant, et tous les soins attachés

à la vie d'un soldat ne peuvent me dérober à la peine qui me suit. Une autre fois, Seltitz!...

Mon cœur cherche la paix et la tranquillité au milieu de ces hommes hérissés de fer, qui se pressent autour de moi. C'est une chose étonnante de voir combien il règne de gaieté et de cordialité dans leur commerce, et de songer qu'il ne vient dans la tête à pas un d'eux que le jour suivant va dissoudre peut - être, d'une manière sanglante, les liens de l'amitié la plus sincère. S'il m'arrive quelquefois de leur en parler, tantôt ils me répondent avec ce calme, avec cette assurance familière à l'homme qui

a vu plus d'une fois ses amis
tomber autour de lui, pour ne se
relever jamais; tantôt leur tête
se lève avec fierté, leurs yeux
s'enflamment de ce feu qu'ils
portent aux attaques, et je les
entends me raconter ce qu'un tel
a fait, et ce qu'un tel aurait pu
faire. Alors je me sens convaincu d'une vérité que ne pour-
ront jamais comprendre nos aimables de la cour; je vois que
l'homme qui veut être quelque
chose, doit faire quelque chose;
et j'appelle actions, celles seulement que tout notre être, notre
cœur, notre esprit, notre vouloir, et nos facultés s'unissent
pour opérer d'un commun accord.

Ne crains point que je manque ici d'emploi pour ce qu'il te plaît de nommer mes belles connoissances. Dans une carrière où toutes les facultés humaines sont mises en activité, il n'est point de connoissance inutile, ni de talent qui puisse se rouiller.

Et vous, songes d'une aimable jeunesse ! douces et glorieuses illusions ! formes divines et colossales que Seltitz accuse de monstruosité ! n'approchai-je pas en ce moment du monde où vous devez être réalisées ? L'Allemagne s'éveille enfin de son sommeil léthargique. Qu'une fois les Germains se mettent en mouvement, ils ne trouveront rien

d'impossible. Seltitz! quel peuple que le nôtre, quand il voudra
se connaître! A mon entrée dans
le monde, l'idée de laver des
siècles de honte accumulés sur
ce peuple, de rappeller son esprit et ses facultés à leur grandeur originelle: cette idée s'élevait comme une chaîne de montagnes sans borne qui fermait
toute perspective à nos yeux.
A peine pouvait-ils distinguer
dans l'étendue de cet immense
boulevard, un point plus acces-
sible que le peuple pût franchir
pour atteindre à son sommet.

Permets-moi, cher Seltitz, de
te dépeindre mon arrivée dans
le camp, et de te rendre compte

des sensations aussi vives que nouvelles qui m'attendaient à mon entrée dans ce séjour.

Il était minuit passé quand j'arrivai avec le courrier que j'avais pris pour compagnon de voyage; le camp s'étendait au loin sur la pente insensible d'une vaste colline sablonneuse. Nous en étions encore éloignés d'une demi-heure de chemin, quand les feux des gardes avancées commencèrent à briller sur nous. A la portée du mousquet, le foudroyant: qui vive? commence au poste le plus prochain, et ce: qui vive? répété coup-sur-coup par tous les postes, courut comme un feu de peloton tout autour de nous. Notre postillon répondit avec son cornet, et nous nous avançâmes jusqu'aux tentes.

Quel mélange imposant de vigilance et de sommeil, de vie et de repos! Entre les tentes, où l'on avait fiché des pieux pour attacher les mangeoires, nous voyions les chevaux abrités, comme à l'ordinaire, par la voûte étoilée des cieux. Quelques-uns soufflaient, d'autres mangeaient leur avoine. Ici l'un était couché, là un autre se levait tout-à-coup; beaucoup dormaient tranquillement sur la terre. De côté et d'autre, on voyait un cavalier attentif prodiguer ses soins et ses caresses au compa-

gnon chéri de ses travaux. La
bise piquante de la nuit passait
en murmurant sur les tentes : à
peine entendait-on de loin en
loin quelques mots prononcés à
voix basse. Crois-moi, cher
Seltitz, toutes les tragédies du
monde ne paraissent que des
jeux d'enfans, en comparaison
d'une pareille scène.

T'étonnerais-tu du peu de difficulté qu'a souffert ma promo-
tion ? Qu'elle t'apprenne, mon
ami, que Donamar peut aussi
concevoir et exécuter un plan
au moment même où vous ne
le croyez occupé que des plaisirs
de la journée. Il y avait déjà
quelques mois que cette affaire

se ménageait par lettres, et que le hasard avoit fait parvenir mon nom jusqu'aux oreilles du roi. Aussi n'éprouvai-je aucune difficulté lorsqu'il fut question d'obtenir une audience , seul point où s'étaient bornés tous mes vœux.

Je lui ai parlé, mon cher Sel-titz, à ce monarque, le phéno-mène de son siècle, et je me suis confirmé dans la résolution de me préparer sous ses bannières pour de plus hautes destinées. Mon esprit indépendant s'honore d'une servitude qu'adoucit l'ad-miration, et s'enorgueillit de de-venir un des instrumens de la gloire de ce héros. Il faut servir

pour apprendre à commander,
et Donamar ne pouvoit servir
que lui.

Encore un mot pour toi, mon
cher Seltitz, un mot sérieux.
Voudrais-tu par des argumens,
par de frivoles inductions, étouffer dans mon sein ce feu sacré de
l'amour de la patrie, si conforme
d'ailleurs à tes propres idées ? Il
se passe dans notre tête des choses
qu'un ami ne peut jamais comprendre. Il pourrait arriver que
je perdisse tout mon patriotisme,
lorsque tu croirais ne m'en dérober qu'une faible portion. Mon
cœur hésite entre l'enthousiasme
et l'indifférence. Souhaite que
je puisse diriger vers le bien pu-

blic ce feu dont il se sent dévoré.
Le ciel peut bénir l'emploi de
nos facultés lorsqu'elles ont un
but ; mais de quelle utilité peuvent être les plus rares talens,
lorsque celui qui les possède
s'ignore lui-même, et ne peut
démêler ses propres desirs. Dis-
moi donc, prédicateur de la
sagesse, pourquoi cette sagesse
est toujours le ministre secret de
nos fantaisies ? Pourquoi, lorsque
nous sommes convaincus de notre
aveuglement, n'est-il pas en
notre pouvoir de secouer le joug
d'un esclavage qui nous plait ?

LETTRE II.

Ferdinand de Seltitz au Comte Donamar.

M * * d , le 6 Septembre 1758,

Tu es un homme merveilleusement discret, mon cher Donamar, et pour quel motif encore! Je voudrais pouvoir effacer de mon esprit toutes les conséquences funestes que j'appréhende de ta démarche précipitée. Je voudrais pouvoir oublier le mal réel qu'elle t'a déjà causé. Je voudrais enfin qu'il dépendît de moi, de penser que ton plus grand malheur est d'être officier prussien. Je me livrerais avec joie

à une si douce illusion. Mais je,
veux être sincère avec toi comme
je l'ai toujours été. Ta joie met
la mort dans mon cœur.

C'est ainsi que tu as pu te
séparer de moi ! sans me dire un
seul mot de tes desseins, sans
laisser une seule ligne pour me
rassurer !

Toi soldat ! toi, le hérault de
la liberté ; toi, dont le cœur brûlait de toutes ses flammes, soldat ! et tu n'es pas même soldat
de ta patrie ? C'est au service
d'un monarque absolu que Donamar s'est consacré ; d'un prince
dont les intérêts ne peuvent en
rien le concerner. Enfin , tel

qu'il soit, le voilà ton maître.

Tu diras que je te juge d'après mon cœur. Mon cher Donamar, s'il fallait que je devinsse soldat, je subirais mon sort avec courage. Mais embrasser cet état sans raison, sans nécessité, voilà ce qu'il m'est impossible de concevoir d'après les idées d'un homme qui pense avec liberté. Tu as donc parole de vivre mille ans, mon bon ami? L'uniforme et la cuirasse ne vont pas à tous ceux qui savent porter un habit de cavalier. Ce grand sabre à la hongroise, vois-tu, c'est toute autre chose qu'une épée.

Je ne vois que contradictions

entre ta manière d'être et l'état
que tu viens d'embrasser. Enchaîné comme tu l'es, réduit à
recevoir des ordres, que feras-
tu de cet esprit toujours actif,
que deviendront tes plans exal-
tés, et sur-tout tes songes de
prospérité ?

Sans vouloir m'ériger en prédicateur, (tu sais que nous sommes du même avis sur les points
principaux de cette question),
il faut cependant que je te dise
que tu as mal fait d'embrasser
ouvertement le parti d'un ennemi
déclaré de notre religion. Si tu
n'es pas catholique au fond du
cœur, cela ne peut pas dispenser de le paraître dans les tran-
sactions

sactions importantes qui tombent sous les yeux du peuple. Et quelque soit ta manière de penser, oserais-tu bien fouler aux pieds celle de ta patrie, celle du pays où tu desires d'obtenir une influence nécessaire à tes projets ? Les apparences sont la règle d'une foule faible et superstitieuse. Les uns veulent deux sacremens, d'autres en veulent sept, et d'autres encore n'en veulent point du tout. Il est permis à ceux qui sont doués de la faculté de penser, de l'exercer sur toutes ces croyances. Mais celui qui veut agir sur les ames faibles, ne doit point négliger d'obtenir leur estime, et cette estime est d'autant plus facile à

perdre qu'il en eut moins coûté
pour l'obtenir.

Tu ne t'es pas informé une
seule fois de tout ce qui se passe
ici. Cependant, je veux bien te
donner quelques nouvelles.

Ton oncle, de qui tout le
monde aurait cru qu'il allait
pour le moins te deshériter, a
supporté ton départ avec beaucoup de modération. Il espère,
dit-il, malgré ses soixante-dix
ans, vivre encore assez pour
voir ton retour à la raison. Mais
du moment où il lui faudra renoncer à cette espérance, tu
seras rayé de son testament. Ne
rougis pas d'apprendre avec quel-

que joie les dispositions aussi favorables qu'inattendus d'un oncle de soixante et dix ans. Un surcroit de cinquante mille thalers ne peut jamais nuire à ton riche patrimoine. Quiconque a de grands projets, a besoin de grands moyens.

Mais que diras-tu si je t'apprends que l'orgueilleuse et bouillante héritière de notre résident, s'est évanouie à la première nouvelle de ton départ, et que dans la violence de ses transports, elle a fait retentir toute la ville de ton nom. Si tu le sais, apprends-moi en deux mots le fond de cette histoire. Je ferai mon possible pour appaiser tout ici.

B 2

On murmure d'étranges choses, et le vieux Glanzon menace de te brûler la cervelle à la première rencontre, dut-il ensuite porter sa tête sur un échafaud. Je te parlerai aussi de mes propres affaires, quand je serai plus tranquille sur les tiennes. Fais-moi savoir promptemént le véritable, l'essentiel objet de tes inquiétudes. Tu as porté mon attente au plus haut point.

LETTRE III.

Le Comte Donamar à Seltitz,

Le 9 Septembre, du camp
de Grossenhain.

PAS encore de nouvelles de
toi, mon cher Seltitz ? Voilà la
question que je me répète dix
ou vingt fois par jour, et je n'ai
pas encore eu l'esprit de me répondre une fois pour toutes qu'à
peine ma lettre peut-elle t'être
parvenue. Il faudra bien pourtant qu'elle te soit rendue. Car
tout le pays de votre côté est
en notre puissance, et nous n'a-
vons d'ennemis qu'en face. Les
Autrichiens nous pressent, et

B 3

nous les repoussons dans toutes
les positions supérieures. L'armée
principale de Daun, n'est qu'à
trois milles d'ici. Tous les environs fourmillent de croates et de
pandours qui ont à chaque instant maille à partir avec nos
housards. Enfin tout ici semble
annoncer l'attente et le préssen-
timent d'une grande bataille.

Nous avons eu aujourd'hui une
marche forcée; je ne suis pourtant point fatigué. Il faut que
nons causions un moment ensemble, Seltitz. Mon ame éprouve
un besoin de se communiquer,
et quoique parmi nos officiers
j'ai formé quelques liaisons agréables, il n'en est point qui puisse

soulager un cœur accoutumé aux épanchemens de l'amitié.

Il règne dans le camp et dans ma tente une tranquillité sublime, héroïque ! Mon domestique est couché sur des sacs, et ronfle comme un bienheureux. Mon sabre et mes pistolets se balancent sur sa tête, attachés au pieu qui soutient la tente. Ma cuirasse et mes bottes sont appuyées contre le lit de camp sur lequel je suis assis. Mon ame veille. Il semble qu'une nouvelle vie commence à l'animer, et les images multipliées du jour, forment des nuages presque confus qui se succèdent rapidement dans mon cerveau.

Ah, Seltitz! je ferais mieux, je crois, d'aller tranquillement me coucher, que de veiller pour t'écrire ce qui se passe en moi dans ce moment. Ce ne sont point les songes de la politique et du bien public; ce ne sont point des idées de services ni des espérances de victoire que Donamar roule à présent dans sa tête fatiguée. C'est une foule de pensées extravagantes, romanesques qui, semblable à une escadre mise en déroute, flotte dispersée sur l'Océan de mon imagination. Eh quoi? n'ai-je point été occupé durant toute la journée? N'étais-je point satisfait de moi-même? N'ai-je point goûté les charmes de la sérénité? et pour-

tant le soir point de repos ! Quand
je t'aurai dit quel est l'objet de
mon trouble et de mes inquiétudes ; quand tu sauras à quelle
divinité je fais un sacrifice nocturne de ma raison ; tu vas sourire
de pitié au héros imaginaire qui
parle de plans , qui médite des
exploits , et cependant n'a point
assez de force pour chasser de
son ame un phantôme que l'enfant le plus faible aurait honte
d'avouer.

Oui, si je pouvais dire j'aime ,
j'aime quelque chose; dut ce quelque chose n'exister que pour moi;
j'aime une femme dont mes yeux
et mes oreilles ont fait passer
l'image jusqu'à mon cœur ; une

femme enfin que je puis espérer
de revoir : je sens qu'en dépit des
frissons successifs et des palpitations de ce cœur agité, je
pourrais me résoudre à un aveu.
En vérité, l'auteur seul de ma
destinée sait tout ce que ceci
deviendra. Mais jusqu'à présent...
deux yeux...... l'ombre d'un
visage.... une femme énigma-
tique, sur la compte de laquelle
j'en sais justement tout autant
que toi au moment où tu lis
mon radotage!... Quoi! après
avoir promené mes hommages
de femme en femme dans toutes
les conditions, sans qu'il m'ait
été possible de m'attacher à une
seule ; lorsqu'au milieu des jouissances, je tournais en ridicule

cette apothéose de l'amour où s'est égarée l'imagination des poëtes et des romanciers, mon cœur, qui jusqu'ici avait trouvé impossible de distinguer une femme d'avec une autre, se laisse tout-à-coup éblouir par deux yeux ; une déesse inconnue se présente sans cesse devant moi, et je m'agenouille devant une vision !....

Lis, mon cher Seltitz, et juge.

Environ un mois avant mon départ, je fus me promener à cheval, suivant ma coutume. La matinée (car d'un jour pareil, jusqu'aux moindres détails, tout est intéressant) la matinée était superbe. Une rosée abondante qui avait voluptueusement rafraîchi l'air brûlant de juillet, pendait en grosses gouttes à l'extrémité des feuilles et du gazon, et formait un brouillard subtil en s'évaporant. La température la plus modérée animait une brise douce, qui portait la vie et la santé dans les poumons. Chaque pas de mon cheval faisait voler jusqu'à moi la poussière et le parfums de mille fleurs.

C'est ainsi que je suivais voluptueusement le sentier qui s'étend depuis *Gartenfeld* jusqu'au petit bois où, comme tu le sais, la grande route se tourne vers *D***.

D**. Le ruisseau qui traverse le chemin sur cette pente, où réunis tous deux sous les noisetiers , nous avons passés des momens auxquels la paix et l'amitié prétoient tant de charmes, le ruisseau réfléchissait vers moi les premiers rayons du soleil. Je suivais cette clarté. En m'avançant sous les broussailles je vis qu'il était desséché. Je descends, et conduisant mon cheval par derrière, une vingtaine de pas en remontant le ruisseau , je l'attache à une branche de noisetier, et je me couche pour jouir de la fraîcheur du matin et m'abandonner à une douce rêverie. Une seule alouette et des milliers de fauvettes, de li-

Tome I.   C

nottes et d'autres oiseaux ga-
zouillaient à l'envi, et faisaient
retentir autour de moi leur ra-
mage. Tandis que mes yeux
étaient fixés devant moi, et qu'a-
bandonné à des pensées errantes,
je contemplais les scènes mobiles
de cette nature animée, un bruit
soudain frappa mes oreilles ;
c'était celui d'un carosse que
quatre chevaux amenaient de
mon côté. Assis comme je l'étais
sur un angle abaissé, on pouvait aisément me distinguer en
passant. Une tête voilée sortit
de la portière, sembla me re-
marquer tandis que le carosse
passait devant moi, et lorsqu'il
fut passé, conserva la même attitude pendant une demi-minute.

Je fis si peu d'attention à cette circonstance qu'elle ne me détourna que faiblement de la rêverie où j'étais plongé.

A peine le carosse était-il hors de vue, que j'entendis, coup sur coup, un craquement assez violent, un cri de femme très-perçant, et le jurement fort distinct du postillon. Je me levai pour courir au cri. Ce n'était rien qu'une chose fort ordinaire : l'essieu de la voiture qui venait de passer était brisé.

Quand j'arrivai pour offrir mes secours, en cas qu'ils fussent nécessaires, les voyageurs étaient déjà sur pied. Un homme d'en-

viron qurante ans, vouté, d'assez mauvais emine, mais fort bien
mis, était auprès d'une femme
svelte, portant fort bien un habit
de voyage élégant, et couverte
d'un voile. Je me trouvai d'a-
bord machinalement du côté de
la Dame, et je lui fis quelques
complimens sur l'accident qu'elle
venait d'éprouver.

« Oh ! répondit - elle , avec
un son de voix d'une douceur
inexprimable , ce n'était rien
qu'une crainte légère ; on oublie les petits malheurs quand
on est accoutumé aux grands. »

Elle prononça ces mots d'une
manière si prompte, si naturelle,

qu'ils semblèrent partis du fond
du cœur. Ce fut alors que, dans
ma surprise, j'arrêtai pour la
première fois mes yeux sur elle,
et cherchai à pénétrer le voile
qui la cachait. Elle semblait elle-
même étonnée des mots qui lui
étaient échappés. Je vis sa figure
rougir à travers la gaze blanche,
comme le soleil du matin qui
perce à travers un nuage léger.
Je vis deux yeux s'arrêter sur
moi..... ah ! mon ami, quels
yeux ! je n'en ai jamais vu de
pareils ; et jamais je n'en verrai
plus. A peine m'avait-elle lancé
ce regard, qui, comme un coup
de foudre, atteignit en moi
les sources de la vie, qu'elle
se laissa tomber sur la terre,

et se tourna d'un autre côté.

C'est alors que le Monsieur qui la conduisait me fit appercevoir de son existence. Il me parla en français , me remercia de mon empressement, et m'engagea avec la plus merveilleuse politesse à ne plus m'inquiéter d'avantage. Il promena ensuite ses yeux d'une manière très-significative d'abord sur moi , ensuite sur la Dame qui nous avait tourné le dos à tous deux , et qui semblait contempler le postillon occupé à remettre la voiture en état.

« Vous venez sans doute de France ? » lui dis-je , et sans at-

tendre de réponse , je me retournai du côté de la Dame pour
lui continuer mon compliment.

« Oui , Monsieur , » dit-il en
m'intérompant avec précipita-
tion : « nous venons de France.
Nous avons déjà éprouvé plusieurs accidens de cette nature, etc. etc. » Alors il entama
un discours qui n'était point du
tout sot , autant qu'il m'en souvienne , mais Dieu sait ce qu'il
signifiait. Mes yeux trahissaient
mon manque d'attention. Et ,
lorsqu'il m'arrivait de faire un
seul mouvement , le Monsieur ,
gesticulait des pieds et des mains
comme pour m'empêcher d'arriver jusqu'à la Dame invisible ;

C 4

enfin, c'était un plaisir de l'entendre s'épuiser en phrases toutes
plus fleuries, toutes plus civiles
les unes que les autres, pour me
donner un congé que je ne voulais point accepter.

Je voulais revoir encore une
fois les yeux qui m'avaient
charmé ; et dussé-je hasarder la
bonne opinion que le Monsieur
pouvoit avoir conçu de mon intelligence, j'étais déterminé à
ne point comprendre ses complimens si bien tournés.

Tandis que nous manœuvrions,
employant de part et d'autre
toutes les armes de la politesse,
mon homme, par une inspira-

tion aussi subite que funeste à
mes desseins. fait un signe à la
charmante créature, qui frémit
tout-à-coup. Il lui dit quelques
mots. Elle n'y répondit point,
autant que je puis en juger; mais
elle s'éloigna de quelques pas,
et le souris triomphant du maudit sorcier m'apprit de reste que
j'avais vu ses jolis yeux pour la
dernière fois. Monsieur s'étendit
alors en toute sûreté sur la bataille d'Hastenbeck et sur la politique française, jusqu'à ce que
l'essieu fut solidement rattaché
avec des cordes. Il fit un signe,
et, fixé comme un mauvais génie auprès de la charmante Inconnue, je le vis, à mon grand
regret, lui présenter la main

gauche pour la placer dans la
voiture , de sorte que sa misérable carcasse éclipsa totalement
à mes yeux l'astre dont ils attendaient les derniers rayons.
Tout ce que je pus obtenir d'elle
fut un « nous vous sommes in-
finiment obligés , Monsieur ! »
qu'on prononça en français , du
ton le plus flateur. Pour les yeux
il me fut impossible de les retrouver.

La voiture partit , et je restai
au milieu du chemin , les bras
croisés , la suivant des yeux , et
sentant à chaque tour de roue
se glacer une goutte de mon
sang. J'étois absolument hors
de moi-même , et je ne voyais

plus rien que cette voiture dont le coffre balançait en s'éloignant.

Enfin, mon bon génie m'inspira ce qu'un homme raisonnable aurait trouvé de lui-même. Je retournai vers mon cheval, dans le dessein de suivre la voiture à quelque distance, et de la rejoindre par un détour, soit à l'auberge, soit dans une maison particulière, si elle devait s'y arrêter. Je regarde autour de moi, et je ne trouve point mon cheval. Peu accoutumé à se trouver abandonné dans la campagne sans surveillant, il s'était détaché et errait dans la montagne. Pourquoi ne l'ai-je point laissé courir! mais un nuage obscurcissait mon

C 6

imagination. Je parcourus au
hasard les broussailles, et après
avoir inutilement cherché les
traces du cheval, je retournai
sur la grande route, où je n'apperçus ni cheval ni voiture. Je
la suivis pendant une bonne
heure, et moins échauffé encore
par la marche que par l'impatience, j'arrivai au péage de
W—er, résolu de m'informer si
l'on n'avait pas vu, depuis quelque tems, une berline attelée de
quatre chevaux. J'entre, j'interroge. Les gens de la maison
s'étonnent de me voir dans cet
équipage; mais il n'ont point
vu de voiture semblable à celle
que je leur décris. Je croyais
rêver ou être dans le délire; car

la route allait droit en avant,
et rien sur les côtés, que quelques chemins détournés et peu
sûrs. Mais on m'assura que l'on
n'avait vu depuis deux jours aucun extraposte. Il n'y avait donc
plus rien à faire pour moi que
de retourner à la ville, et de
me casser la tête à rêver sur les
avantures de la journée. Par-
donne-moi, mon cher Seltitz,
si je ne te fis point part au moment même ou dans la suite d'un
événement qui m'avait fait tant
d'impression. Tu me question-
nais avec tant de douceur, de
modération, que je n'avais pas
le courage de te répondre ; et si
tu me demandais pourquoi j'ai
si long-tems balancé à te faire

cette confidence ; en vérité, je serais bien embarrassé de te donner une bonne raison.

Je suis plus tranquille maintenant que dans les premiers jours qui ont suivi cette avanture ; mais je ne me suis point encore retrouvé moi - même. Quand le silence de la nuit prête une nouvelle force aux sensations exaltées, quand les images presque effacées de l'enfance se rassemblent autour de moi, tous ces tableaux se rassemblent, et semblent se confondre dans mon imagination ébranlée.

Si je pouvais au moins être d'accord avec moi-même sur ce

sujet ; si je pouvais déterminer
avec précision ce que je veux
ou ne veux pas ; si je voyais un
but vers lequel je pusse diriger
ma barque, la voile et les avi-
rons n'y manqueraient pas !

Quoi, après avoir langui si
long-tems dans une honteuse
inaction, après avoir vécu inutile au monde et à ma patrie,
faut-il quand je triomphe enfin de
mon irrésolution, quand je brise
tous les liens qui m'avaient arrêté, faut-il qu'un fantôme prive
mon ame de toute son énergie !

Tu vois maintenant, mon cher
Seltitz, combien était louable
l'ardeur qui m'a précipité dans

cette carrière orageuse ; la seule
où mon cœur put retrouver quelque calme ; la seule qui put
effacer de mon ame ces vains
prestiges , me rendre entièrement à moi-même et me préparer à l'exécution de mes plans.

Puisque tu en sais assez déja
pour faire tes observations, il
faut bien, mon cher Seltitz, que
je te découvre toutes mes pensées. Je ne puis point me persuader que cette femme charmante soit l'épouse du Français.
Ce qu'elle lui est, Dieu le sait.
Serait-elle.... que son ange gardien m'en pardonne le soupçon.... Juste ciel ! serait-il possible ? Non , non. Ou tout ce qui

peut percer de l'ame à travers les formes extérieures, tout cela n'est que trahison. J'ai vu trop de femmes pour ne point savoir, même à travers d'un voile, distinguer les couleurs de l'innocence d'avec le fard du vice. Et ces yeux! oh, si tu avais pu te pénétrer de ce regard où brilloit toute la pureté, toute l'amabilité d'une conscience exempte de reproche.... C'est un enlèvement peut-être, ou quelque chose de semblable, qui va la conduire à sa perte.

Mais que m'importe? Pourquoi m'inquiété-je? Oserai-je avouer, avec la moindre apparence de raison, que cette femme a troublé mon repos?

Mon cher Seltitz, ne rions plus des misérables préjugés qu'on a vus adoptés par tout un peuple. Le Romancier, qui s'avisa le premier d'envoyer le Chevalier - Errant chercher par toute la terre la Princesse dont un songe lui avait présenté l'image, peut bien avoir eu l'idée de se moquer de nous; mais à coup sûr il connaissait le cœur humain.

Mais écoute; tu n'as point tout appris. Il ne manque rien au délire de mon imagination.

Depuis que j'ai vu ces yeux, je me suis, je ne sais pourquoi, involontairement reporté vers les

jours de mon enfance. Le croirais-
tu? Un être réel s'offre à ma pensée. Cette petite Françoise, la
fille du capitaine de St***, qui
passa, il y a dix ans, au service
de la France. et qui. nous a-t-on
dit depuis. périt avec tous les
siens à la Martinique, dans une
épidémie..... Nous avions alors
onze à douze ans; et. si tu t'en sou-
viens. les attraits naissans de cette
aimable fille ,et sa spirituelle naï-
veté faisaient les délices de toute
la ville. Il s'était allumé pour
elle, dans mon ame enfantíne ,
un sentiment doux que mon adolescence n'a point éprouvé depuis.
Cette Françoise , pour qui j'ai
versé des larmes dont ma jeunesse,
n'adoucissait point l'amertume ;

cette Françoise, qui me promit
à son départ de m'aimer toute sa
vie ; cette Françoise, que j'avais
presque oubliée depuis la nouvelle de sa mort et le changement
qu'a éprouvé mon genre de vie,
s'est tout-à-coup représentée à
mon imagination. Elle s'élève
devant moi comme un fantôme
pendant la nuit ; elle ne me quitte
point, et sans cesse je la trouve
devant mes yeux.

Dis-moi, mon ami, est-ce fée-
rie ? est-ce toute autre chose ? Il
me semble que je suis devant un
livre enchanté, dans lequel je
pressens un contenu mystérieux,
mais dont je ne puis distinguer les
caractères étrangers.

Camp de Schœnfeld, le
21 septembre.

Coup sur coup, échec sur échec.
Nous ou les Autrichiens. Je saurai bientôt dans toute la perfection mener ce qu'on appelle la vie
d'un soldat. Nos troupes légères
escarmouchent nuit et jour. Le
bruit du canon, à table comme au
lit, nous sert continuellement de
musique. Tout le monde se casse
la tête à démêler les plans du roi.
Les plus sages gardent le silence,
et contemplent en secret les périls
de notre position.

Écris-moi par duplicata, cher
Seltitz, et prends soin de les envoyer par des occasions diffé-

rentes. J'en ferai de même aussitôt que la chose me sera possible.

Le 18 septembre.

Que les ennemis d'une vie active, viennent nous dire à présent que le tumulte des armes ne nous rend pas ce qu'il nous a fait perdre! Ta lettre était tombée, avec plusieurs autres, entre les mains d'un Croate, qui sans doute les réservait pour allumer sa pipe ; mais il a été obligé de les remettre à un de nos housards noirs, et de lui donner encore sa tête par-dessus le marché. Voilà ce que c'est que la vie.

L'intérêt tendre que tu veux bien prendre à ce qui me con-

cerne, ton aimable franchise me
font chérir de toi jusqu'à tes ré-
primandes. Ne nous inquiétons
pas d'avance, mon ami, de ce que
je dois faire, quand des affaires
plus importantes commanderont
mon attention. Que signifient ces
considérations que tu me pro-
poses? ces ménagemens pour ne
point heurter les opinions de mes
frères catholiques ? Quoi! ma patrie, en secouant un joug tempo-
rel, continuera-t-elle à languir
sous celui de la superstition? Je
ne suis point devenu apostat;
mais, sans participer à l'hérésie,
on peut apprendre bien des choses
des hérétiques; — Pourquoi faut-
il que ce mot se trouve dans nos
lettres ? — ils peuvent nous mon-

trer des choses qu'il nous est in-
dispensable de savoir ; des choses
que le peuple lui-même doit concevoir, si jamais nous avons dessein d'en faire quelque chose.
Mais je conviens avec toi que
celui qui prétend opérer quelque
réforme, doit, en dépit de la liberté et de la nouveauté de ses
opinions, s'occuper sans cesse de
se concilier le respect et la bienveillance du peuple qu'il veut
servir.

Je recommande mon oncle à tes
soins. Mes démarches ne peuvent
pas se régler d'après les idées
d'un homme de soixante-dix ans,
et je ne dois consacrer à mes projets que ma propre fortune. Quelques

ques écus de plus ou de moins ne décident point de la supériorité entre les hommes ; et j'ai fait l'observation journalière que celui qui ne peut rien faire sans argent ferait bien peu de chose avec cette ressource.

Mademoiselle Frédérique de Glanzow, que je n'ai pu méconnaître, quoique ta plume délicate ait respecté son nom, ne peut point me savoir mauvais gré de ce qu'elle a bien voulu prendre plus d'intérêt à moi qu'il ne m'est possible d'en prendre à elle. C'est une excellente fille, très-vive, et qui n'est dépourvue ni d'esprit ni d'attraits ; mais elle ne ressemble pas plus à la femme, d'après mon

cœur, que l'alouette ne ressemble
au rossignol. Elle m'a fait des
avances que la politesse ne m'a
point permis de repousser. Est-ce
un crime de ma part? Elle a in-
terprété cette politesse de la manière la plus conforme à ce qu'elle
souhaitait ; s'en suit-il que je l'aie
trompée? Elle a voulu enfin, après
mon aventure dans le bois, m'a-
mener à une explication, et je
la lui ai donnée franche et sans
faux ménagemens. Elle est tombée malade ; et comme ma compassion, ne suffisait pas pour la
rendre à la santé, il a bien fallu
l'abandonner aux médecins. Il
ne s'est rien passé d'ailleurs qui
puisse autoriser son père à char-
ger un seul de ses pistolets, et

tu peux en donner ma parole à ce vieux et respectable soldat.

LETTRE IV.

Le Comte Donamar à Seltitz.

Du camp de Ramnau,
le 25 septembre.

L'HORISON s'obscurcit encore. Tu n'apprendras pas aussi - tôt que je l'imaginais la nouvelle de quelque bataille sur le compte de laquelle je puisse dire un jour : et moi aussi je m'y suis trouvé. Nous avons pris un nouveau camp, dans lequel nous nous tenons tranquilles.

Tu verras beaucoup de choses

D 2

sur notre compte dans les gazettes.
Mais j'en ai d'autres à te conter
que tu n'y trouveras point. J'ai
formé les liens d'une nouvelle
amitié qui m'a tout-à-fait ranimé, et qui me réconcilie avec
moi-même. J'oublie mes caprices, mes fantômes, et toutes les
femmes du monde, dans la société
d'un homme comme je puis t'assurer qu'on en voit rarement.

La coutume de manger en
commun, que l'on est obligé de
suivre dans les camps, n'est pas
une des moindres sources du
bonheur attaché à l'état militaire.
Résolu de prendre le monde
comme je le trouve, je me suis
réuni à une société, et j'ai observé

que ce genre de vie qui rend les
hommes moins cérémonieux, plus
ouverts, et conséquemment meil-
leurs, resserre toujours entre eux
les liens d'une douce bienveillance.

Il y a aujourd'hui trois jours
que nous étions amicalement ras-
semblés, et que l'on trinquait
gaiement en l'honneur de la
Prusse, quand nous vîmes entrer dans la tente un officier
inconnu, en uniforme de housard noir. Sa taille était majes-
tueuse, son port noble autant
qu'élégant, et il y avait un feu
dans ses regards, et quelque chose
de guerrier qui excita l'attention
générale, lorsque nous posâmes

D 3

nos verres pour le recevoir. Il
salua légèrement la compagnie,
fit un signe d'amitié au lieutenant K * *, qui était assis auprès
de moi, et me lançant un coup-
d'œil qui semblait aller chercher
mon ame, il sortit à l'instant
même avec le lieutenant. Je n'ai
vu, dans toute ma vie, qu'un
homme faire sur ses semblables
l'impression que celui-ci produisit sur nous. Et cet homme, c'est
notre roi. Nous nous regardions
l'un l'autre comme hors de nous-
même. Il semblait qu'une com-
motion électrique nous eût fait
passer tout-à-coup de la gaieté
au plus grand sérieux. On eût dit
que ce housard noir, d'un seul
coup-d'œil, avait fait passer en

nous tous une partie de son ame.
La conversation fut interrompue.
Il se passa quelques minutes
avant que nous pussions nous
demander quel était cet officier;
et personne d'entre nous ne se
rappellait de l'avoir jamais vu
auparavant. Enfin, le lieutenant
K** rentra. Cet homme, tout-à-
fait remarquable par une mauvaise mine et une mal-propreté
très-particulière, nous fit une
grimace mystérieuse, et reprit sa
place auprès de moi avec un sourire fort original qu'il m'adressa
d'une manière fort prononcée.
Tu sais que je n'ai jamais pu souffrir ces mines insignifiantes qui
cherchent à s'affubler d'une grave
contenance; et voir une sem-

blable figure se permettre des gentillesses avec moi, c'était beaucoup plus que je ne puis supporter. Quel est cet officier de housard, lui dis-je, d'un ton fort sérieux ?

C'est un de mes amis, répondit le sot, avec une grimace qui nous annonçait de la manière la moins équivoque qu'aucun de ceux qui se trouvaient à l'instant dans la tente, ne pouvaient aspirer à un honneur si singulier. C'est un de mes amis qui m'a apporté une lettre, etc., etc. Il y a déjà un an qu'il est à notre service, mais on le voit rarement. C'est bien le mortel le plus étonnant, un véritable original. Il hait toute société, et cependant autant que je puis savoir, il est Français de naissance. On le nomme le Comte de St. Julien.

Un Français ? m'écriai-je involontairement. Ceci engagea une discussion sur l'esprit et sur le mérite des Français, dans laquelle je donnai franchement mon opinion. Je veux bien croire, dis-je, pour l'honneur de l'humanité, qu'il existe des Français respectables ; mais il faut que j'avoue qu'il ne s'en est encore offert à mes yeux aucun qui justifie cette idée ; et, si l'on m'a bien informé, la façon de penser de ces gens-là, en tout, est directement opposée à la mienne.

Nous quittâmes la table , et le lieutenant K**, qui m'avait suivi des yeux , me tira doucement par la manche , et me conduisit hors de la tente.

« Si vous saviez , me dit-il de son ton ordinaire , si vous saviez combien S.-Julien s'intéresse à vous , je suis sûr que vous parleriez différemment de ses compatriotes. »

— Je le regardai fixément.

— « Il s'est informé de vous , je ne puis pas dire avec curiosité , mais , avec cette chaleur qu'un amant mettrait à s'informer de sa maîtresse. »

Je le regardai avec des yeux
qui lui disaient bien clairement :
« Monsieur, plaisantez - vous,
ou s'agit-il d'un combat ? »

— « Oh ! je vous demande mille
pardons de la comparaison ; elle
m'est échappée sans dessein.
Mais, par tout au monde, je
vous en prie, ne me trahissez
point ! j'ai donné ma parole à
St.-Julien. »

— Et vous ne l'avez point
tenue, interrompis-je avec vivacité.

— Il se frotta les mains, ouvrit la bouche à moitié, et se
tut.

« Allez , monsieur , dites à votre ami que vous ne lui avez point tenu parole. Allez, vous dis-je , ou j'irai moi-même. » Ceci le surprit.

— « Monsieur le Comte ! vous ne voudriez pas tourner au sérieux une plaisanterie.

— « Encore moins tourner en plaisanterie une chose sérieuse. »

Le pauvre pêcheur se mordait les lèvres.

— « Vous ne voulez donc pas entrer ? » repris-je encore plus vivement.

— Mon

—Mon Dieu ! quel homme vous êtes ! songez-y donc un peu, de quoi cela vous avancera-t-il quand j'entrerai ? Calmez-vous. Vous plaisantez, n'est-ce pas ? Votre main, mon cher ! vous me remercierez, en vérité.

— Remercier ! moi ! vous ! et pourquoi ? Je ne dois point de remerciemens à ceux qui manquent à leur parole. Ceci mit mon poltron au pied du mur.

— Monsieur le Comte ! vous devenez offensant ! arrêtez, je vous prie, ou je me verrai obligé de vous demander satisfaction.

— Parbleu, l'ami, volontiers!

dis-je, en lui frappant sur l'é-
paule. Par malheur pour le pauvre diable, notre démêlé avait
attiré quelques officiers de connaissance; et, bon gré, malgré,
il fut forcé de m'appeller sur
le pré.

Comme j'ai des choses beaucoup plus importantes à te dire,
je ne m'amuserai point ici, mon
cher Seltitz, à discuter si je fis
bien ou mal de réduire ce ni-
gaud à une semblable nécessité.
Tu veux d'ailleurs que l'on cor-
rige les hommes, et je t'assure
que j'ai corrigé pour long-tems
ce babillard.

Au total, je n'aime pas à voir

tant moraliser contre le duel,
quand l'expérience a prouvé depuis si long-tems que les discours
n'y font rien. Il serait à souhaiter
qu'on eut choisi une autre pierre
de touche pour l'honneur. Mais
puisqu'on a pris celle-ci, et que
ce sentiment a quelque chose
de réel et de sacré pour les
hommes, c'est tomber dans un
paradoxe que d'en exiger l'ab-
négation. On est donc obligé de
se soumettre à un préjugé, dont
au fond la source est bonne, et
qui, semblable au poison dont
un médecin habile sait tirer des
effets salutaires, conduit les
hommes à une espèce de vertu
pratique, et les force à se res-
pecter réciproquement. Aussi-tôt

que j'eus reçus le cartel du lieutenant K**, j'écrivis un billet
dont je joins ici la copie.

Au comte de St.-Julien.

« Si l'on peut dire avec vérité que le premier regard des
hommes d'un mérite supérieur
laisse dans ceux qu'ils ont fixés
une impression qui n'est point
du tout équivoque, je n'aurai
point trop hazardé en vous priant
de vouloir bien me servir de second dans une affaire d'honneur
avec le lieutenant K**, qui
s'annonce comme votre ami.

» FRANÇOIS, Comte de DONAMAR. »

Quelle idée ! entends-je Seltitz

s'écrier d'ici. Mais ne la blâme
point avant d'en savoir les conséquences, et permets moi de profiter de cette occasion pour te rappeller que nous devons souvent les
circonstances les plus heureuses
de notre vie à de semblables idées
dont l'audace nous effraie au premier coup d'œil, mais qui ne sont
au fond que les inspirations d'un
génie qui nous conduit comme
Socrate était dirigé par le sien.

Cependant je ne conseillerais
à personne de s'abandonner à
ses premières sensations au point
de se comporter comme je le fis
dans cette occasion.

Je n'avais oublié que trois

mots dans mon billet : comment,
où , et quand ; et, dans mon
impatience, j'espérais à chaque
instant voir arriver sous ma
tente l'homme que j'attendois.
La réponse que m'apporta mon
domestique , et qui m'annonçait
qu'on se rendrait à tems à mon
invitation, ne me permit pas
de former le moindre doute sur
ce point.

Je m'assieds et j'attends. Enfin
le jour disparaît. Cependant les
ambassadeurs entre mon adversaire et moi n'épargnaient pas
leurs démarches. On me faisait
des commentaires très-diffus sur
les ordonnances ; et l'on faisait
sonner à mes oreilles le terrible

mot de cassation. Ma réponse péremptoire mit bientôt fin à tous ces pour-parlers.

Les règlemens nous empê-chaient de nous battre dans le camp au pistolet , et ne per-mettaient aucune espèce de ren-contre pendant le jour. Je ré-pondis à tout cela qu'il faisait clair de lune.

Vers le soir , je fus expédier quelques ordres du général , et laissai des ordres à mon domes-tique pour ne point faire atten-dre le Comte , en cas qu'il se présentât. Quand je revins, il faisait déjà sombre, et l'on n'a-vait point vu de Comte. Une

E 4

heure se passe après l'autre;
point de Comte !

J'avais le cœur serré, non
pas que j'eusse aucune inquiétude sur mon propre compte;
mais j'étais piqué de voir que la
noble apparence de cet homme
m'en avoit imposé.

Vers le minuit, je ceignis mon
cimeterre, et prenant une épée
sons mon bras gauche, je m'en-
veloppai dans mon manteau bleu,
et partis pour le rendez-vous sans
second.

L'endroit désigné était à l'ex-
trêmité extérieure du camp; les
postes voisins étaient gagnés.

En arrivant, j'examinai les lieux et ne vis, ni n'entendis aucun ennemi ; c'était pourtant l'instant, c'était le lieu marqué. Eh quoi ! avais-je été le jouet de deux poltrons ? Cette seule idée faisait bouillonner mon sang. Irrité contre deux faquins qui me paraissaient attacher aussi peu d'importance à leur honneur qu'à leur parole, je me promenais à grands pas sans regarder autour de moi. Tout-à-coup, un grand homme enveloppé comme moi dans un manteau bleu, s'approche, et me dit en français : « M. le Comte, je vous prie de m'excuser ».

Aussitôt qu'il parla, je recon-

nus St. Julien : et si j'avais pu
l'envisager, cette contenance ma-
jestueuse et tranquille aurait en
un moment ramené le calme dans
mon ame agitée. Mais ma tête
était égarée par la colère. A peine
jettai-je les yeux sur lui.

« Pourquoi »? répondis-je brusquement, lorsqu'il me pria de
l'excuser; et au moment même,
rejettant en arrière mon manteau,
je mis la main sur la garde de
mon cimeterre.

Il n'eut point l'air de s'émou-
voir. Il se dégagea aussi de son
manteau, et porta la main sur son
sabre. « Il y a une demi-heure, »
me dit -il, d'un ton ferme et tran=

quille , que je suis venu ici pour vous servir de second. Le lieutenant K** a envoyé l'enseigne G**, pour vous prier de l'excuser, attendu qu'il a reçu des ordres imprévus. J'apprends qu'il s'en est retourné avec G * *. Vous devinez le reste. Le lieutenant K** appartient à une famille très-riche. Il est lui-même l'unique héritier d'un homme opulent , et sait que vous faites joliment des armes. Si vous me permettez de proposer mon avis, M. le Comte, vous regarderez l'affaire comme terminée, et nous garderons le silence. Monté comme je l'étais, ce discours bouleversa tous mes esprits. Je ne savais si je devais regarder sa proposition

E 6

comme une raillerie, ou comme
un conseil donné de bonne foi.
Ma mauvaise humeur me sug-
géra de la prendre pour une raillerie, et je répartis précipitamment : « et vous, M. le Comte !
êtes-vous l'héritier d'un père opulent, et savez - vous aussi que je
fais joliment des armes » ?

« Comment? vous me faites cette
question » ! Il n'en dit pas davantage. Je le fixai. Il sourit, c'était
un sourire de douleur, l'effer-
vescence de mon sang était au
comble.

« Que le ciel confonde les misérables artifices de la poltronnerie » !
m'écriai-je, en détournant la tête.

« Courez, Français ! allez vous féliciter avec votre digne complice
d'avoir su , à force de bassesse ,
vous dérober à la vengeance d'un
Allemand »!

« Puisque vous le voulez absolument , »... dit cet homme surpre-
nant , toujours semblable à lui-
même, et en un clin-d'œil son sabre
fut hors du fourreau. Et moi, tirant
mon cimeterre, je jettai l'épée que
je tenais sous mon bras gauche, et
nos manteaux tombèrent au même instant sur la terre.

Quel assaut, Seltitz ! Non, depuis que ma main toucha , pour
la première fois, une épée, je n'ai
jamais combattu avec tant d'ar-

deur, le dirai-je? avec tant de délices. Il me semblait que je m'ad-
mirais moi-même dans ma vaillance. St. Julien était encore au-
dessus de moi. Inébranlable dans
son poste , il supportait mon attaque sans céder un pouce de ter-
rein ; et moi, autant qu'il m'a été
possible de m'observer en dispu-
tant contre un pareil adversaire ,
il me semblait que mes pieds , en-
racinés dans la poussière , y cher-
chassent toutes mes forces réunies. Comme nous étions à une
juste distance , nos mouvemens
avaient toute leur liberté. Coup
sur coup , parade sur parade se
succédaient avec ce bruit répété
qu'on entend dans une salle
d'armes , et la lune paroissait

se complaire à voir ses rayons réfléchis en cent directions différentes par les rapides mouvemens
de nos épées. « Nous connaissons-
nous » ? me dit le housard noir,
quand nos atteintes, moins sûres,
commençaient à trahir nos bras
fatigués.

« Halte donc, m'écriai-je,
et ce cri termina le premier
assaut.

La pointe de mon sabre appuyée sur la terre, je sentais le
calme rentrer dans mon ame,
malgré l'extrême agitation de
mon sang, et je mésurais d'un
regard d'admiration ce héros arrêté devant moi. Un mouvement

intérieur me pressait de lui demander excuse ; mais je ne pouvais trouver de mots pour m'exprimer , et il se taisait. Ses regards séreins m'annonçaient par
un langage inexplicable qu'il li-
sait avec plaisir dans mon ame.
Cette pause avait quelque chose
de solemnel.

Enfin , frappé d'une impression
soudaine , j'allais me jetter à son
col , ou commencer un second
assaut. Ce mouvement subit , auquel je m'abandonne , appelle un
mouvement semblable de St. Julien. Nos bras qui s'étendaient
pour rapprocher nos cœurs l'un
de l'autre, se croisent en garde
par un effet du hasard, et le

combat s'engage de nouveau. Mais je combattis faiblement. Troublé par ce sentiment que j'éprouverais en combattant contre un frère, je fis une fausse parade, et reçus son atteinte à l'avant-bras. St. Julien bondit en arrière, comme s'il eut commis un meurtre. Il ne m'avait point mis hors de combat. Par un mouvement involontaire, je ripostai, et lui portai sur la garde un coup violent qui fit tomber son sabre. «Grand Dieu»! m'écriai-je fortement; je me jettai dans ses bras sans songer à sa blessure ni à la mienne. Il me pressa. Nos cœurs battaient avec violence l'un contre l'autre, et des larmes coulaient de mes yeux.

« Homme incompréhensible !
qui es-tu » ? Tels furent les seuls
mots que ma bouche put proférer.

« Je cherchais un homme comme je n'en voyais plus sur la
terre , et je l'ai trouvé » ! me dit-
il d'un ton de voix solemnel et
concentré. Il me tendit la main
droite. Nos ames s'entrevirent
et notre sang coula sur nos mains
réunies.

Qui sait combien de tems , nous
restàmes dans cette situation ,
sans ressentir la douleur de nos
blessures ? cependant nous enten-
dîmes du bruit.

» Viens , » me dit St. Julien ,

le monde doit ignorer ce qu'il
ne saurait comprendre. »

Nous bandâmes promptement
nos plaies avec nos mouchoirs,
et nous appuyant l'un sur l'autre,
nous marchâmes vers ma tente.

Le 27 Septembre.

Quel homme tout-puissant est
ce St. Julien! quel despotisme
doux et subjuguant dans ses discours et dans ses actions, sans
qu'il ait un seul instant l'air de
vouloir vous diriger. Il ne vous
laisse pénétrer que ce qu'il lui
plaît de découvrir. Mais l'amitié,
la magnanimité percent à travers
le nuage qui l'enveloppe. Qui le
voit, sent son cœur exalté; si ce

cœur est susceptible d'enthousiasme. C'est une de ces figures
à la romaine, brune, maigre, et
dont la nature a fortement pro-
noncé tous les traits. La mélan-
colie s'y mèle à l'empreinte la
plus douce de la bonté. Les plis
qui séparent ses sourcils noirs
n'ont point banni le sourire.
Quand son ame s'élève, la flamme
du génie brille dans ses yeux.
Mais leurs regards s'arrêtent avec
douceur sur les objets qui lui sont
indifférens. Son extérieur offre,
en général, l'apparence du sang-
froid et de la modération ; sa voix
a quelque chose de concentré et
de profond. Chacun de ses mouvemens annonce une vigueur
cachée.

Le 28 Septembre.

Réjouis-toi, Seltitz, réjouis-toi!
l'ami de ton ami n'est point Français. Apprends comme il me l'a
découvert, et admire les dispositions de la providence. Nous
restâmes ensemble une grande
partie de la nuit, et nous nous
ouvrîmes mutuellement notre
cœur. Les pensées, les sensations se succédaient en moi avec
rapidité, et formaient dans ma
tête un cahos d'images, tantôt
confuses, tantôt distinctes, semblable aux formes incertaines et
mélangées que présentent à nos
yeux les premiers rayons de l'aurore. Nos ames découvrirent bientôt leur secrète affinité. Tout ce

qu'il a pensé. je l'ai au moins senti. Nos desirs sont les mêmes. et ce qui fait son bonheur est aussi la source de ma félicité.

Tout en causant, nous en vînmes aux explications. J'appris bientôt de mon ami qu'il m'avait vu par hasard depuis mon arrivée au camp. Pressé, pour ainsi dire, d'une inspiration divine, il n'épargna aucune démarche pour obtenir des informations sur mon compte, et saisit enfin l'occasion la plus convenable, d'apprendre du lieutenant K * * * mes desseins et mon genre de vie.

Tu me connais, mon cher Seltitz; tu sais combien je suis disposé à partager la chaleur qui m'environne. Mon cœur s'ouvre sans réserve à l'homme qui obtient ma confiance, et mes démarches n'ont rien de caché pour lui. Mais j'attends involontairement une semblable franchise de sa part. Si j'observe que celui à qui je me suis livré avec toute la cordialité d'un enfant, se tienne en arrière, qu'il hésite, et qu'il considère intérieurement si la prudence lui permet de se dévoiler, alors je reviens sur moi-même, et cette première chaleur qui m'animait se dissipe tout-à-coup. Voilà précisément ce qui arriva dans cette occasion. La solemnité mystérieuse que je remarquais dans la conduite de mon ami, ne m'offensa point tant que j'eus encore quelque secret pour lui. Mais quand je la vis subsister encore après que mon cœur se fut épanché dans le sien, j'hésitai et je me tus.

Je le regardai d'un air peu satisfait, je crois. Sa figure ne changea point.

Je me levai, et me promenant devant lui : quelle est, lui dis-je, la base de l'amitié ?

La vérité ! répondit-il vivement, mais avec douceur.

Je le regardai fixément. Il me prit par la main.

Ce

Ce qui doit être, continua-t-il du même ton, n'est point encore accompli. Toute chose précipitée n'arrive point à sa perfection; notre amitié doit atteindre ce point.

En disant ces dernières paroles, il me pressait la main avec tendresse, et quelques larmes roulaient dans ses yeux. Toute mauvaise humeur disparut de mon front. Auparavant je ne voulais plus parler, maintenant je ne pouvais plus.

Maudite philosophie ! m'écriai-je enfin pour soulager mon cœur. Je lisais aujourd'hui cette sentence dans un de leurs savans

Tome I. F

recueils. Que l'homme sage, dans
ses amitiés, se souvienne qu'il
peut haïr un jour. Mon ami
sourit.

« Cher Donamar, me dit-il,
du ton de la plus grande confiance. laisse-là tes sages. Ils bâ-
tissent en idée des châteaux chimériques, où le cœur ne peut
point habiter. Que chacun soit
ce qu'il peut. L'humanité vaut
mieux que la sagesse. »

L'humanité vaut mieux que la
sagesse ! répétai-je après lui. Que
cette devise soit désormais le mot
d'ordre entre nous deux, si l'un
pouvait être tenté de révoquer
en doute la sincérité de l'autre.

Bien, dit-il. Voilà qui est digne de Donamar. Mais comme, entre des milliers d'hommes, il n'existe qu'un Donamar, que la sagesse nous serve d'excuse politique auprès de cette innombrable multitude, qui n'est rien en elle-même, et qui ne connaît de mobile que l'intérêt ou la crainte. Le destin ne nous protège point, à moins que nous ne veillions sur nous - mêmes. Si une seule personne soupçonnait ici que je ne suis point Français, mais Espagnol, je serais perdu; des assassins sont sur mes pas. Je n'ai commis aucun crime, mais ma tête est mise à prix.

Mon sang se glaça dans mes

veines, lorsqu'il prononça ces mots, et cependant il les prononçait avec le plus grand calme.

Penses-y donc! toi, qui professes tant de confiance dans les voies de la Providence, la tête d'un pareil homme mise à prix! Où sont donc les tribunaux? Sous quel régime vivons-nous? Juste ciel! ces tems où l'homme ne connaissait d'arbitre que la force, et de droit que la vigueur de son bras, ces tems étaient l'âge d'or lui-même, en comparaison de ce siècle civilisé, qui emprunte les couleurs de la justice pour mettre à prix la tête d'un innocent.

Tels étaient à-peu-près les mots que m'arrachait un premier sentiment. St. Julien continua avec tranquillité.

Pourquoi t'affliger des vices d'un monde corrompu, lorsque tu restes semblable à toi-même? La balance du bien et du mal flotte incertaine depuis l'origine des tems, et ce qu'un siècle peut mettre dans l'un ou l'autre bassin, est insuffisant pour la faire pencher. Ce que j'avais, je l'ai perdu, cher Donamar! Il n'est plus rien que je puisse abandonner au destin sans retomber dans le néant. J'avais une maîtresse et un ami. Mon ami se nommait San Giuliano. Je porte son nom

F 3

depuis sa mort , et je ne l'ai
changé ici en St. Julien que pour
éviter les soupçons qu'un nom
Italien aurait p faire naître dans
l'esprit du roi.

Alors San-Giuliano avec lequel,
jusqu'à ce moment, j'avais con-
versé en francais, m'adressa tout-
à-coup la parole en allemand ,
et s'expliqua dans cette langue
avec la plus grande pureté.

« Es - tu inspiré ? Es - tu un
apôtre ? » m'écriai-je aussi-tôt.
« Je l'étais, » me répondit-il,
« lorsque j'appris l'allemand. Et
ce mâle langage me semble maintenant le plus doux de tous ceux
que les hommes ont parlé. Ah !..

Il soupira profondément. Ce fut la première ois que je l'entendis soupirer. Je croyais exister dans un monde nouveau. Il n'attendit point ma réponse, et m'ayant pressé la main avec une ardeur qu'il n'avait point encore témoigné, il se retira.

Le 30 Septembre.

Je ne vois encore Saint-Julien qu'à travers un nuage, et je me contente de savoir de lui ce qu'il veut bien découvrir sans être questionné. Pourquoi voudrais-je l'interroger ? Est - ce lui que j'aime ou le recit de son histoire ? N'est-ce point assez pour moi de voir ce qu'il est et ce qu'il fait ?

Pourquoi chercher à pénétrer ce qu'il fut et ce qu'il a fait !

Le cercle de ses jouissances doit avoir été très-étendu. Lorsque nous nous mettons à philosopher , il y a trois chapitres favoris sur lesquels il est inépuisable. Le premier, c'est la politique ; le second, la métaphysique, et le troisième , ce sont les femmes. Toi qui connais si bien l'art des rapprochemens, trouve-moi, je t'en prie, quels rapports ces trois chapitres ont entr'eux.

La musique nous offre un passe-tems délicieux. Saint-Julien en est aussi enthousiaste que moi. Il joue de la flûte avec tant d'ame, que Frédéric lui-même l'entendrait avec ravissement, si des raisons secrètes ne lui faisaient pas éviter d'approcher le roi particulièrement. Privé de mon clavecin, je m'efforce d'accompagner sa mélodie italienne et espagnole avec les sons du cor. Et, réunis tous les soirs sous la voûte étoilée, nous passons tour-à-tour des entretiens de l'amitié aux doux accords de l'harmonie.

Le 2 Octobre.

Hier, dans une société, la conversation roulait sur les larmes. Et les débats que produisait la sensibilité des uns et l'héroïs-

me affecté des autres, avaient
amené des discours aussi extraordinaires que le spectacle dont il
était question. Chacun parlait,
et personne ne disait rien. La
plu grande partie soutenait qu'il
était honteux de pleurer. Comme
on voulait aussi savoir mon opinion, je l'euveloppai dans le
récit d'un incident qui m'était
arrivé ce jour même.

« Ce matin, dis-je, en me promenant dans le marché du camp,
j'entendis quelqu'un pincer de
la harpe d'une manière très-sup-
portable : la curiosité me pressa
d'examiner le virtuo e, et je vis
un vieillard d'une physionomie
ouverte, revêtu d'un uniforme

usé et qui, pendant qu'il jouait, fixait continuellement les yeux vers le même endroit de sa harpe. Je m'approchai ; il ne se dérangea pas ».

« Quoi, mon père ! lui dis-je, lorsqu'il fit une pause, la harpe vous fait encore plaisir » ?

« Il me regarda fixement, et la surprise dans ses traits fit bientôt place à la confiance ».

« C'est ma vieille et bonne amie, dit-i , en fr ppant doucement sur sa harpe: Il y a déjà cinquante ans qu'elle me fait plaisir ».

« Cinquante ans ! et vous

semblez aussi frais qu'un jeune homme » !

— « Pas tout-à-fait , dit-il, encore avec plus de sérénité. Mais pour un homme de soixante dix ans, je me porte assez bien ; et si je pouvais me soutenir sur ma jambe droite , je ferais encore assez bonne figure sur le front de bataille. Mais les Turcs y ont mis bon ordre ».

— « Les Turcs » ?

— « Oui. En 1739, dans Belgrade , où je servais parmi les Impériaux, un peu avant que les Turcs ne s'emparassent de la ville. Tout était de la plus grande tranquillité

quillité dans le camp des Turcs, et dans la citadelle. Je pris ma harpe, je m'assis sur una pierre et je commençai à jouer. Il faut remercier Dieu de tont. J'avais à peine fini le premier couplet qu'une bombe passa droit sur ma tête ; je voulus me ranger de côté, mais ma harpe m'embarrassa. La bombe créva à vingt pas de moi. Un éclat m'atteignit à la jambe, et un autre frappa ma harpe ; là, tenez, où vous voyez qu'elle est fendue. Jamais je ne veux qu'elle soit raccommodée tant que je vivrai. Depuis ce tems-là, j'aime ma harpe. Elle ne m'a pas abandonné au besoin. Quand je n'avais pas de pain, je jouais pour les soldats

et pour les paysans, et rien ne
m'a jamais manqué.

A ces mots, messieurs, dis-je
à la compagnie, mes yeux se
remplirent de larmes que j'ose-
rais avouer sans honte, devant
Dieu et devant les plus grands
héros. Tu ne peux t'imaginer,
bon Seltitz! combien cette his-
toriette produisit d'effet sur nos
amis. Tout le monde voulut rendre visite au vieillard, et chacun lui porta son présent.

Saint-Julien et moi, nous
approfondissions ce sujet, nous
causions sur les plaisirs et les
peines de la vie, et nous trouvions que le cœur épanche en

larmes, la surabondance de ses
sensations.

Saint-Julien s'arrêta tout-à-
coup comme quelqu'un qui se
consulte. Puis tirant son porte-
feuille, il le feuilleta en disant :
nos pensées, mon cher Donamar,
coulent de la même source. Je
veux te lire un morceau de poésie
dans lequel j'ai cherché a exprimer nos sentimens en vers allemands, aussi bons qu'il m'a été
possible de les faire.

— Un espagnol qui fait des
vers allemands !

Il ne se déconcerta point et
lut.

Au Génie des larmes.

« Tranquille protecteur de tous les sentimens ; toi qui reposes doucement dans les replis sacrés de notre cœur ! toi dont les soins compatissans préparent un lit de de roses à la douleur ! »

« Cher confident de la mélanco-lie , lorsque solitaire pendant une nuit obscure, elle s'assied sur des tombeaux ; lorsque la tête tristement appuyée sur ses bras, elle élève vers le ciel, des yeux brûlans et surchargés ; compagnon du bonheur lorsqu'étonné, muet et cherchant l'expression de sa joie, il ne trouve que des

pleurs pour tout langage ! Divinité du pauvre ! toi qui t'étonnes
dans les bras de la grandeur ! »

« Sois-moi propice, esprit céleste!
apprends-moi à ne point échan-
ger la sagesse des siècles contre
la sagesse glacée des cours. Laisse-
moi les larmes de la sensibilité ! »

« Sois-moi propice ! étends les
facultés de mon cœur, et dirige
mes pas vers le toît où gémit la
misère au front timide. »

« Sois-moi propice et bénis ces
émotions sympathiques dérivées
de la plus noble source. »

« Mais si tu me vois jamais dans

G 3

l'échange du bonheur, rabaisser
la dignité de mon front, aban-
donne-moi, ange du sentiment !
et ferme pour toujours les sources
désormais profanées ! »

LETTRE V.

Donamar à Seltitz.

De Bauzen, le 15 Octobre.

ENFIN la nue a crêvé. Les
gens raisonnables ne sont pas
encore du même sentiment sur
les malheurs que l'orage pouvait produire, s'il n'eut pas été
détourné. Hochkirchen deviendra désormais un nom mémora-
ble dans mon histoire comme
dans celle de cette guerre.

Les papiers publics ont donné
une foule de détails sur cette
nuit horrible. Des soldats blan-
chis sous le harnois, s'accordent
à dire qu'elle fut épouvantable.
Mais c'est à la postérité de juger
qui mérita la plus grande portion de gloire. Elle seule dési-
gnera pour vainqueur le politique Daun, ou le roi qui a, par
sa retraite, rendu vaines toutes
les suites de la victoire.

Sans avoir de vives appréhensions, je n'étais pourtant pas
tout-à-fait exempt d'inquiétudes.
Aussi mon cheval resta sellé
pendant la soirée qui précéda
l'attaque, et je me couchai tout
habillé sur quelques coussins.

J'avais à peine joui d'une demi-
heure de sommeil, que je fus
tout-à-coup éveillé par le bruit
du canon. Un tumulte confus et
toujours croissant, un cri qui
répétait sans cesse : *aux armes!*
me fit sortir de ma tente. Qu'y
a-t-il, m'écriai-je plusieurs fois,
avant de recevoir aucune réponse
des soldats qui couraient épars
de tous les côtés.

« Nous sommes attaqués! voilà
ce qu'il y a! » me répondit à la
fin une voix qui passait. Cependant le bruit du canon augmen-
tait à chaque instant. Et la nuit
était si obscure qu'à cinq pas
de distance, il était impossible
de rien distinguer.

J'étais inquiet pour Saint-
Julien.

J'allumai la lanterne de mon
domestique à une lampe qui
brûlait dans ma tente. Le pauvre diable avait couru, je ne sais
où. Je sautai sur mon cheval,
et je courus à travers les ténèbres
à la tente du général. Je t'a-
vouerai franchement que je vis
avec quelque plaisir, que je
m'y trouvais un des premiers.
C'est alors, bon Seltitz, que j'appris pour la première fois à croire
aux miracles de la tactique prus-
sienne. En dépit du concert et
de l'ordre admirable avec lesquels
les Autrichiens dirigeaient leur
attaque sur nos retranchemens ;

G 5

en dépit du tumulte et de la confusion inévitablement répandue parmi notre monde , notre escadron se forma avec une rapidité incroyable. Mais où était le roi ? où fallait-il porter des secours ? Nous étions dans l'incertitude la plus effrayante. Nos cavaliers de rage et d'impatience frappaient leurs cimeterres les uns contre les autres.

Enfin arriva le moment qui laissait un champ libre à leur vaillance. A peine notre général avait il reçu les ordres, qu'il nous cria : «à l'ouvrage, mes enfans »! et nous chargeâmes impétueusement tout à travers la canaille de l'armée ennemie. Il nous fallait reprendre d'assaut un fort que les ennemis avaient enlevé, garni de leur monde, et au moyen duquel ils nous foudroyaient avec notre canon. Deux braves bataillons d'infanterie avaient déjà été repoussés quand nous commençâmes notre attaque. L'enfer s'épanchait sur nous. Mes dents grinçaient en voyant les boulets à cartouche répandre le plus affreux carnage parmi mes camarades. Animé par la rage, plutôt que par l'héroïsme, je me serais précipité dans la gueule béante et enflammée de la mort. Mais notre général, plus prudent que moi, cria à haute voix : « nous perdons ici des hommes inutilement. A gauche » ! .... Bientôt on répéta à nos oreilles:«le roi a chas-

sé, de son côté, les Autrichiens
à tous les diables »!

Et nous ! ô quel sentiment
éveilla en nous cette réflexion !
Tout-à-coup un autre crise fait entendre : « le roi est tué » ! Le sang
se glaça dans mon cœur. Au même
instant, un adjudant nous rap-
porta l'ordre de la retraite. L'ouvrage qu'on nous laissait accomplir n'exigeait pas moins de vigueur dans les bras, que de courage dans le cœur. Et je remer-
ciai Dieu intérieurement qu'aucune débauche de corps ou d'esprit n'eût énervé en moi la force
naturelle de mes muscles. La
cavalerie autrichienne légère et
pésante exaltée par le sentiment

de la victoire s'attachait à nous
avec un enthousiasme infernal;
toute l'étendue de la ligne de
droite à gauche n'offrait qu'un
combat, et les malédictions des
Allemands réunies au jurement
des Hongrois, tonnaient plus
haut que le bruit du canon, qui
désormais ne se faisait plus entendre que d'un seul côté. Je
n'avais encore rien vu ni rien
appris de mon Saint-Julien.

L'Aube commençait à blan-
chir. Nos troupes avaient éva-
cué le camp, et les cavaliers
autrichiens, qui nous avaient
rendu la vie si dure, s'épar-
pillaient dans la campagne; on
ne voyait plus que quelques

groupes escarmoucher de côté et d'autre.

Pendant que mes yeux parcouraient avec ardeur toute l'étendue de la plaine pour tâcher de découvrir quelque housard noir, je vis tout-à-coup un faible groupe se débarrasser de la mêlée. Plusieurs housards noirs se battaient en retraite, cherchant à se faire jour à travers les derniers pelotons autrichiens. J'en vis un attaqué par plusieurs Autrichiens. « Là ! le voici à bas, » cria une voix avec un éclat de rire épouvantable. Une inspiration soudaine me fit quitter mes camarades, et me poussa vers ces coquins triomphans.

« A moi la montre »! criait l'un, « C'est mon prisonnier »! disait un autre. « Non, c'est le mien »! répliquait un troisième. L'ardeur du butin empêchait cette canaille de rien voir et de rien entendre.

«Tenez-vous tranquilles»! répondait l'homme dont on se disputait la dépouille, « je vais tout partager entre vous ». Je ne pouvais le voir à travers les chevaux qui l'entouraient, mais je reconnus sa voix : c'était Saint-Julien. En un moment je fais tomber la tête du housard autrichien qui se présente le premier à mon cimetère, et les autres se dispersent. Saint-Julien affaibli par la perte de son sang, dont il était couvert, se lève avec effort et s'appuie sur son bras gauche. Je cours à son aide, et mon ami est délivré.

O Seltitz ! bénis la guerre; elle m'a fait éprouver un sentiment que les anges seuls pourraient décrire.

Le 16 Octobre.

Saint - Julien est entre les mains des chirurgiens, et souffre les plus vives douleurs.

Il m'a envoyé la nuit précédente à la recherche d'un trésor caché sous une pierre funéraire,

au-dessus du village de Hochkirchen. Je fus m'en emparer,
déguisé en paysan. C'est un pa-
quet qui contient, à ce qu'il m'a
dit, des papiers d'où dépend son
destin, et une miniature qu'il
me montrera quand le moment
convenable sera arrivé, me dit
mon mystérieux ami.

Mais quand viendra ce mo-
ment convenable ? Que les in-
crédules fassent une semblable
question. Je supporte avec plaisir le despotisme de l'amitié.
Et le regard de Saint-Julien,
quand je reçus avec sérénité ces
espérances éloignées, sans lui
demander dans quel tems elles
se vérifieraient... ce regard était

une récompense plus douce que
s'il eût contenté à l'instant même
la plus vive curiosité.

LETTRE VI.

Ferdinand de Seltitz à Donamar.

M * *, le 17 Octobre.

OUI, mon cher Donamar, il
me semble que tu devras au
hasard les circonstances les plus
heureuses de ta vie. Je commence à désespérer de trouver
une règle dans laquelle je puisse
te renfermer. Cela ne peut
pourtant me faire renoncer à mes
principes. Le soleil, la lune,
les étoiles sont assujettis à des

loix, et le cœur humain n'aurait
pas les siennes! Qu'est-ce que
la sagesse, d'après le sentiment
de tous les peuples de la terre,
sinon un assemblage de règles
confirmées par l'expérience?

Je me réjouis avec toi de ta
nouvelle liaison; mais je ne puis
comprendre comment elle peut
déjà porter le nom d'amitié. Si
mes principes sont bons, la conduite de ton Espagnol est beaucoup plus raisonnable que la
tienne. Le sort vous a rassem-
blés d'une manière tout-à-fait
étrange : mais pouvez-vous, de-
vez-vous rester réunis? Deux
pierres qu'une force égale a lan-
cées dans les airs, y planent

l'une auprès de l'autre pendant une minute, et retombent à terre chacune de son côté. Ton Espagnol est un être qui ne ressemble point au commun des hommes. Quelle conséquence dois-tu en tirer ? qu'il faut l'étudier plus long-tems qu'un autre.

Cher Donamar ! plus j'examine le cours de ta vie et plus je frémis en songeant au but où tu peux arriver. Qui hasarde autant que toi, peut tout obtenir, il est vrai ; mais il est encore plus probable qu'il peut tout perdre. Ta tête est trop active pour prendre les choses de ce monde comme elles s'offrent à tes regards, mais trop peu insfruite encore de leur véritable situation pour que tu puisses la changer. Tu insultes aux puissances de la terre, et tu suis pourtant le tourbillon de leur toute-puissance. Tu professes une aversion ouverte contre la flatterie et la dissimulation, et tu as trop de candeur pour opposer la moindre intrigue à leurs complots.

Attache-toi fortement cet Espagnol, Donamar, s'il est possible que tu t'abandonnes à lui par degré. Versé comme il est dans la connaissance des hommes, il peut devenir le libérateur de celui qui se flatte de délivrer tout un peuple.

Ses passions vives ont plus de rapport avec ta manière de penser que ma froide raison. Eclairé par l'expérience, toutefois, il ne prendra pas un vol plus haut que celui qu'il pourrait soutenir, et peut-être aura-t-il la force de t'arrêter quand mes facultés plus faibles, seraient obligées de te lâcher la bride.

Que ne puis-je t'inviter à partager les plaisirs tranquilles, qui, s'ils ne changent point tout-à-fait ma maison en élysée, en vont faire du moins un paradis terrestre ! Depuis hier je suis nommé au conseil d'administration. Mon brevet à la main, j'ai volé chez ma Louise,

et demain nous devons être fian-
cés. Tu fais des rêves bien
brillans, j'en conviens, cher
Donamar! mais valent-ils, dis-
moi, d'aussi douces réalités?
Ma passion pour Louise ne m'a
point bouleversé la tête, et je
ne lui ai fait le sacrifice d'aucun
de mes devoirs. Mais lorsque
l'hymen nous aura réunis sur
la route qui conduit au temple
de la félicité, doutes-tu, mon
ami, que nous puissions enfin
l'atteindre? Plein de cette con-
viction, je vole avec joie au-
devant des chaînes du mariage
que tu fuis avec tant d'horreur;
et lors même qu'elles ne nous
obligeraient pas à rester réunis, il me deviendrait im-

possible de me séparer de ma Louise.

Frédérique de Glanzow s'est rétablie de sa maladie. Mais les bruits désavantageux qu'on avait fait courir dans la ville, ne sont point encore appaisés ; pour les détruire insensiblement, elle va faire ce qu'on appelle une tournée avec une jeune veuve, la Baronne de Wallenstädt, qui est arrivée récemment dans cette ville, où elle passe pour aller à Berlin. Je me suis trouvé avec cette Dame, dont tout le monde parle comme d'un miracle de beauté et d'esprit ; elle a toute la vivacité naturelle de Mademoiselle de Glanzow, et pro-

fesse,

fesse, comme elle, un dédain parfait de l'étiquette. Mais elle possède en outre des connaissances, de l'esprit, et une grace véritablement attrayante. Sans briller précisément par cette douce modestie, que toi et moi regardons comme la base de toutes les perfections d'une femme aimable, et qui donne le coloris de la réserve à ses actions et à ses expressions les plus exemptes de contrainte, on ne peut disconvenir que la Baronne ne soit une personne d'une beauté excessivement séduisante. Elle a quelque chose de décidé dans ses manières, qui fait un contraste original avec ses formes aussi gracieuses que délicates.

On soupçonne bien qu'elle doit
être coquette, mais on ne voit
point qu'elle le soit. Les papas
et les mamans de la cour ont
remercié Dieu du départ de cette
nouvelle Armide, qui tournait
déjà la tête de tous nos jeunes
gens : il fallait, en vérité, partager leur folie pour être un peu
du bon ton. Si le hasard te conduisait à Berlin, et qu'elle y fût
encore, il faudra faire ton possible pour la connaître, pourvu
toutefois que tu te sentes assez
de force pour éviter le destin du
pauvre Renaud.

LETTRE VII.

Le Comte Donamar à Seltitz.

De Bauzen, le 28 Octobre.

Quelque intelligence céleste
t'a-t-elle révélé que je dusse aller
à Berlin, cher Seltitz? comment
la pensée t'en est-elle venue?

Hier le général m'a confié, au
nom du roi, le soin d'une affaire
qui me conduit à Berlin, et qui,
sans demander un effort de génie
bien remarquable, ne pouvait
cependant pas être confiée au
premier venu. Elle me retiendra
quelques mois, et le séjour d'une
ville semblable promet toujours

H 2

plus d'instruction qu'un obscur quartier - d'hiver. Je t'assure pourtant que j'aurais refusé cette commission , si St. Julien ne m'avait point pressé de l'accepter.

Comment se peut - il qu'un homme qui m'aime, prenne tant à cœur de m'éloigner de lui? Parlait - il sérieusement, quand il cherchait à me prouver que mon esprit ne pouvait supporter l'inaction? Est-ce l'amitié qui lui fait sacrifier ses jouissances, lors-qu'elles ne s'accordent point avec mon propre bonheur? Doute qui ce pourra! pour moi je crois en St. Julien.

Puisse - tu bientôt, mon cher

Seltitz, te voir uni avec celle qui t'est si chère! puisse, chaque année, s'accroître autour de vous une bande de polissons et de friponnes au teint fleuri, au minois éveillé, et puisse sur-tout ton premier né pousser le cri de la joie, lorsqu'à son retour ton ami le pressera dans ses bras.

Que se passe-t-il donc en moi ? D'où vient suis-je donc si fort épouvanté de la seule idée du mariage, moi dont le cœur peut s'ouvrir aux impressions de l'amour ? Ne vas point t'aviser de rien dire à ta femme de mon aversion pour l'hymen, qui pourrait bien lui en inspirer pour moi. Dis-lui que mon cœur s'est

livré depuis quelque tems aux
fantaisies les plus incompréhensibles, et qu'il plane, comme la
colombe de Nöé, sur un océan
désert, sans trouver une branche
qui lui puisse offrir un lieu de repos. Dis-lui que rien de ce que
j'ai pu trouver auprès des femmes
de toutes les conditions, n'a répondu aux espérances de mon esprit exalté, et que, bon gré, mal
gré, je leur ai dit à toutes un
éternel adieu, pour me jeter dans
les bras de la philosophie; et tire
delà toi-même, mon cher Seltitz,
la conséquence naturelle que je
pourrais traverser une légion de
baronnes de Wallenstädt, sans
que mon repos en souffrit la
moindre atteinte. J'aime tes re-

montrances, bon Mentor, même
lorsque je continue à penser d'une
manière différente de la tienne.
Quand je pourrais savoir si le
destin m'a marqué du sceau du
malheur, ou de celui de la félicité, il serait absolument superflu
de prendre une seule minute d'inquiétude à ce sujet. Quel avantage retirons-nous de l'analyse
de notre cœur? Il n'en faut pas
moins avancer dans la carrière de
la vie, suivant l'impulsion que
la nature et le destin nous ont
donnée. Tout ce que la raison
nous apprend sur ce qui doit en
résulter, c'est qu'il n'est pas en
notre pouvoir de marcher vers la
porte, s'il est arrêté que nous
irons du côté du mur. Lorsque

nous considérons avec attention
le pour et le contre des circonstances les plus importantes de
notre vie, nous en venons au
point de savoir que nous ne savons rien ; et cette raison si van-
tée nous abandonne au sentiment
de notre destination, comme au
seul conducteur qui puisse nous
guider dans ces déserts inconnus.

Le zéphyr disait un jour au
tourbillon : « Réponds-moi, mon
ami ! ne suis-je point plus heureux
que toi ? Je cause doucement
avec les fleurs, et je réchauffe,
de mon haleine bienfaisante, la
rosée qui les abreuve. Fais com-
moi, mon ami, et deviens heureux ! » — Heureux ! dit en sou-

pirant le tourbillon. — Je vais renverser la forêt prochaine, puis-qu'il le faut.

LETTRE VIII.

Laurette de Wallenstadt à Frédérique de Glanzow.

De Berlin, le 5 Octobre.

Vous ne venez point, chère et mélancolique amie ?—Et vous ne me mandez point si vous viendrez bientôt. Oh! qu'est-ce donc que le cœur d'une pauvre fille ? A la glace en été, brûlant en hiver! triste au sein du bonheur, et joyeux dans l'adversité! empressé comme une fourmi, lors-

qu'il n'y a rien à faire, et quand
il faudrait un peu d'activité, aussi
paresseux que le ver-à-soie qui
s'apprête à filer. Frédérique! Frédérique! dans quel pseautier avez-
vous lu ? Quel passage pathétique
du vieux ou du nouveau testament
a tout-à-coup dissipé ces brillans
prestiges, auxquels vous vous
attachiez si fortement ?

En vérité, si vous allez devenir
une nonne timide, dont la pudeur ignore quel pied doit se
mouvoir le premier; à qui la lune
donne des palpitations, si elle
s'avise de briller trop vivement
sur son lit, et qui demande
pardon à Dieu du baiser qu'un
homme lui a volé; d'honneur,

s'il fallait que vous ressemblas-
siez à ce portrait, jè regretterais
jusqu'au plus léger trait de plume
que ma tendresse a pu vous consacrer.

Les sots sont ici-bas pour nos menus-plaisirs.

Mais vous, ma chère Fré-
dérique, vous vous êtes annon-
cée d'une manière trop brillante pour prétendre à ces an-
tiques perfections. Vous avez
de l'intelligence, et conséquemment plein pouvoir de la nature
pour dominer sur ceux qu'elle en
a privés. Vous ne bornerez point
vos prétentions à figurer dans ces
cercles à grand panier, dont les
gothiques principes répriment les
mouvemens du cœur, avec autant

d'austérité que leurs corps bus-
qués impriment de gêne à la
poitrine, dont la vertu consiste
à faire les yeux doux avec le
plancher, qui regardent comme
violation des bienséances le
moindre essor du génie féminin, et qui traitent indistincte-
ment de vice toutes les jouissances de la vie. Enchaînée par
le destin, vous voudrez vous devoir votre propre liberté. Pourquoi la nature en aurait-elle
développé les germes dans votre
cœur, si son dessein n'eût point
été de l'élever au-dessus des
règles et de la philosophie des
nourrices, qu'elle y veut rem-
placer par les plus nobles penchans ?

Vous

Vous livrer à la mélancholie,
ma chère enfant, c'est offenser
cette nature indulgente. Ne vous
a-t-elle point munie de ses plus
puissantes armes? Pourquoi les
abandonner à la rouille de l'inaction? Mais, vous voulez peut-
être vous venger de votre Donamar, et vous voulez que l'a-
mour soit de moitié dans votre
projet? Noble vengeance! Si
vous l'eussiez prise à tems, et
que vous eussiez eu le courage
de la pousser jusqu'au bout.
Mais votre conduite me fait
soupçonner que vous êtes peu
propre à devenir prêtresse de la
vengeance..... Faible et malade
d'amour, faut-il s'exposer aux
regards de la multitude? Pauvre

Tome I.   I

négociant à grandes spéculations
et sans crédit !

Croyez-vous donc que jamais
un homme veuille tourner la
tête, quand il s'imagine que
nous y prenons quelque intérêt? C'est quand le soleil brille
dans toute sa sérénité, que l'oise-
leur dirige ses miroirs sur l'œil
ébloui de l'alouette ; c'est alors
seulement qu'elle s'étourdit et
tombe dans ses filets.

Vous êtes une rose, ma chère
Frédérique ! une rose aussi attrayante par l'élégance de ses
formes, que par la douceur de
ses parfums ; mais simple encore,
et dont une sage culture n'a

point perfectionné les traits que la nature n'avait qu'ébauchés. Livre-toi donc à mes soins, rose aimable et brillante ! quitte, sous mes auspices, des déserts insensibles à ton prix, et viens briller dans le jardin des rois. C'est-là qu'orgueilleuse de tes charmes, tu dois nager dans les délices ; c'est-là qu'à l'envi avec ta maîtresse, tu pourras exhaler tes parfums et montrer l'espérance de tes boutons. J'ai vu le monde, ma chère enfant, et j'ai dit, comme Alexandre : si c'est trop peu pour nos conquêtes, au moins étendons-les sur cette surface étroite où nous sommes renfermées. Tout ce que je puis atteindre est à moi. J'ai

deux empires éclatans, l'un visible, l'autre invisible ; je reçois
les hommages de tous les âges
et de toutes les conditions ; j'ai
mes courtisans, mes dames d'a-
tour, mes ministres, mes généraux, mes flatteurs et mes
bouffons ; on s'empresse pour obtenir un seul de mes regards,
et l'on se croit heureux de porter le nom de mon esclave.
Quand vous aurez été témoin,
ma chère enfant, de quelques-uns
des sermens qu'un puissant vassal
apporte à mes genoux, s'il vous
prend fantaisie de suivre mes
leçons, je vous transmettrai tous
mes secrets. Sure alors de laisser
une digne héritière de mes talens, j'irai m'ensevelir dans un

cloître, et j'y consacrerai mes
loisirs à l'éducation de quelques
jolies paysannes, occupée tantôt
à leur enseigner l'a, b, c de
mes principes, et tantôt à lire,
dans ma cellule, les pseaumes
de la pénitence devant l'image
de Sainte Aspasie.

Comme je ne doute point que
vous ne soyez convaincue de
l'amour de sœur que j'ai pour
vous, comme j'espère que vous
consentirez à profiter de mon
expérience, je veux bien vous
donner, dans une seule maxime,
la base, les principes de mon
art. *Gardez-vous des passions!*
il faut les inspirer, ma chère
Frédérique, et non pas les

I 3

ressentir. Une passion suffit pour nous dépouiller de notre empire et pour nous ravir toutes nos jouissances.

Mais, me direz-vous, s'il faut qu'une fois je sois atteinte d'une passion? Il est assez malheureux qu'on soit obligé de faire au sérieux de semblables supposi- tions. Mais, enfin, il est des maladies graves que l'on peut guérir lorsqu'on appelle à tems les secours de la faculté. J'ai un spécifique contre les passions; mais la recette ne peut pas sortir de mes mains. Voulez- vous guérir, jolie malade, venez à moi, je serai votre médecin.

Ce feu qui brûle votre pauvre petit cœur, il vous effraye, ma bonne amie ? mais quand on le veut pour tout de bon, chère enfant, il n'est rien qu'on ne puisse apprendre, ou désapprendre à son gré. Laissez un champ libre à une sensation quelconque, et vous la verrez s'éteindre aussi naturellement que l'amour s'enfuit après le mariage.

Ce qui sert à l'un ne peut nuire à l'autre. Ce qui fait mon bonheur et ma force doit contribuer à vous rendre l'un et l'autre. Pourquoi désespéreriez-vous de votre disposition ? Je suis belle, vous l'êtes aussi. Quand je vous

dis que je suis belle, je n'en
parle que d'après mon miroir ;
et, si j'en crois les connaisseurs,
c'est bien le miroir le plus fidelle
que l'on puisse trouver. Un
jeune officier, grand mathéma-
ticien, a eu la bonté de recher-
cher en ma présence toutes ses
inégalités avec un niveau, et il
m'a juré, par les besicles de
Newton, qu'il était aussi uni
que la mer dans son plus grand
calme ; il m'a ensuite démontré,
par toutes les règles de l'optique,
que si le grand Newton n'est pas
un menteur, mon miroir est
parfaitement honnête, et que j'y
puis trouver ma figure exempte
du plus léger nuage. Ainsi, Frédérique, une beauté est une

vérité mathématique aussi certaine que les bases de cet univers ;
et quand vous jugerez à propos
de venir me trouver, la vôtre
sera démontrée d'une manière
encore plus élégante. C'est une
bien belle chose qu'une démons-
tration. En vérité, je crois que
j'apprendrais les mathématiques,
si j'imaginais que tout pût se
démontrer, comme ils le disent.
En attendant que je sois arrivée
jusqu'à l'algèbre, je me conten-
terai des preuves qui m'ont sa-
tisfaites jusqu'ici.

C'est ainsi que, depuis l'âge
de quatorze ans, je me suis
convaincue que les sermens de
fidélité que nous prononce un

cavalier, ne prouvent rien en
faveur de notre beauté et de
notre esprit : nous pouvons y
compter encore moins s'il parle
d'adoration ; et , s'il va jusqu'à
tomber à nos genoux , la chose
est moins démontrée que jamais.
Je sais en outre.... mais doucement ! il ne convient pas que
vous soyez en un moment mise
au fait de tout mon savoir. Il
est rare qu'on apprenne rien à
fond quand on ne paie pas les
honoraires de son professeur. Il
faut d'ailleurs que je vous donne
un gage de l'intérêt que je
prends à la destinée de ce pauvre cœur tourmenté. Je n'ai
épargné aucune peine pour obtenir quelques informations sur

le compte de votre Donamar ,
et mes soins n'ont pas été in-
fructueux.

Oh ! comme je le sens battre
d'ici , le cœur de Frédérique !
quelles pensées , quels pressentimens se succèdent en foule
dans son âme ! Calmez - vous ,
mon aimable fille ! le premier
pas vers la vertu , vous le savez , c'est de se commander à
soi même.

« Votre déserteur « disent mes
nouvelles » se montre à l'armée,
où d'ailleurs il se trouve agréa-
blement, le même qu'on l'a vu
dans les foyers ; c'est-à-dire,
qu'il y développe une tournure
I 6

d'esprit qui le distingue tout-à-
fait des autres hommes : on le
considère , quoique l'ón ne sa-
che pas encore bien l'idée qu'on
doit se former de lui. Le fait ,
c'est que quand il joue du fifre ,
il faut que les autres dansent ;
et quand les autres jou..nt du
fifre , monsieur ne veut pas danser. » Voilà ce qu'on m'a mandé
à son sujet. Ces gens-là n'ont
pas encore eu l'esprit de deviner
s'il est enjoué ou mélancolique.
En société , il est ardent et cause
avec gaieté. Sitôt qu'il se croit
seul , son front s'obscurcit ; il
semble concentré en lui - même
et perdu dans de vages réveries.
« Palpable et pourtant inexplicable contradiction , » disent mes

correspondans. Pauvres sots !
Nouveau surcroît d'information.
Le déserteur à formé une liaison intime avec un homme de
sa trempe , un housard noir ,
qu'on nomme le Comte de St.-
Julien , et qui , si j'en crois ma
gazette , est doué de toutes les
graces d'une majesté mélancolique. Que pensez-vous de tout
celà , la belle affligée ? Mais
peut-être oubliez - vous et vous-
même et votre cher Dònamar ,
pour chercher à conjecturer comment je sus parvenue à savoir
toutes ces belles choses là ? De-
mandez-moi , mon enfant , ce
qui se passe à Lisbonne, à Pé-
tersbourg , et vous aurez réponse
par ordre de courier. Sachez que

les hommes n'ont point de mystère inaccessible à la curiosité
de Laurette de Wallenstädt.

Ne parlons donc plus de douleur et de découragement. De
même qu'un poëte épique forme
un tissu de tous les fils épars
de ses aventures et de ses personnages , et conduit l'action à
sa catastrophe, lorsqu'il a porté
l'attente et l'intérêt à leur plus
haut point ; ainsi , ma chère
Frédérique , nous jouirons , au
moment marqué, de tous les charmes du dénouement ; nous passe-
rons , unies par l'amitié, sous le
même arc de triomphe. Confirmées dans nos projets héroïques,
Junons sévères pour les rebelles

qui osent s'élever contre notre sceptre despotique, nous prendrons l'attitude des grâces pour les bonnes âmes, qui sauront nous rapprocher avec un respect convenable. Ardentes et sans réserve, douces et attrayantes comme Vénus auprès de son Adonis, nous enivrerons nos élus des charmes d'une béatitude qui durera tant que leur règne pourra durer.

LETTRE IX.

Frédérique de Glanzow à Laurette de Wallenstädt.

M ** , le 11 Octobre.

RÉELLEMENT ? vous voulez bien vous intéresser à moi ? vous daignez songer à mon éducation? vous pensez à me rendre heureuse ? Voilà un plan bien généreux, mon aimable amie ! Mais comment cela pourra-t-il s'arranger, lorsque..... comment pourrai-je vous l'exprimer ... lorsque je ne veux pas atteindre au degré de perfection que vous me destinez ?

Mon amie! oui, vous l'êtes.
Vous vous connaissez, et vous me
connaissez moi-même. J'ai encore beaucoup à apprendre. Mais
que dirait Donamar, s'il savait...
Ah! je ne puis pas me servir
d'un conseil, quand c'est contre
Donamar qu'il faut en faire usage.

D'où vient suis-je une folle si
franche? Si la nature m'eût fait
présent d'un peu d'hypocrisie;
si je savais subjuguer un cœur
orgueilleux, par les attraits d'une
fausse modestie, et de quelques
chastes grimaces; un peu plus
de sottise, et comme je pouvais
être heureuse!....

Donamar, l'homme que j'aime

me déteste! et son aversion n'est
point fondée sur les défauts de
mon cœur , et de mon esprit ;
Donamar me hait ! ô tourment !
parce que je suis .... ce que je
suis. Je suis belle , dites-vous?
plût à Dieu que je fusse aussi
laide qu'il est possible de l'être,
et que cette laideur pût lui
plaire ! mais en aime-t-il une
autre ? Que ne puis-je le disputer
de soins à celle qui sait lui plaire !
Mais ce n'est point dans l'amour
d'une autre; ce n'est point dans
ma figure qu'il faut chercher la
source de son aversion.

Non, c'est moi ! moi-même
qu'il hait. Grand Dieu, tu sais
si mon cœur l'a mérité !

Gardez-vous des passions ! le charmant précepte à suivre ! n'ai-je pas été pendant dix-neuf ans, la fille du monde la plus indépendante ? n'étais-je point exempte de passion, lorsqu'en habit d'amazone je volais sur ma jolie haquenée, et que les regards éblouis de nos damerets étaient incessamment fixés sur moi ? n'étais-je point sans passion, lorsque mes folies étaient soumises à la censure de toutes nos graves matrones ? Ces momens sont passés. Il n'en reste plus sous mes yeux qu'une ombre désagréable. Et dites-moi pourquoi ? d'où vient que je réfléchis avec peine sur le tems où j'étais heureuse ? Quand votre

esprit ingénieux aura trouvé
quelque moyen de me réconcilier avec le passé, je livrerai
le présent entre vos mains.

Le peu de tems que vous
avez resté ici, ma bonne amie,
a été pour moi comme l'instant
de soleil qui embellit une journée
d'hyver. Vous inspiriez dans
mon âme des sentimens que je
regardais comme les miens. Mais
lorsque j'entendis s'éloigner votre
voiture, tous ces fantômes charmans disparurent, et semblèrent
s'enfuir avec vous. Je laissai
tomber mes bras ; je me jettai
sur le canapé. Un quart-d'heure
se passa avant que les larmes
brûlantes qui roulaient dans mes

yeux pussent s'ouvrir un passage
pour soulager ma tristesse.

O ma Laurette ! la tempête
a flétri toutes les fleurs dont
s'embellissait mon printems. Je
ne trouve plus mon esprit. Je
ne puis suivre aucun conseil.
Laurette ! partagez avec moi
ces qualités qui vous rendent si
aimable. Je suis devenue la
plus simple de toutes les filles.

« Cette enfant a besoin de dis-
traction, » dit mon père ; peut-
être a t-il raison. Il m'a proposé
un voyage. Et j'ai dit oui à toutes
ses propositions. Où irons-nous ?
en Hollande ? en Italie ? tous
les lieux me sont indifférens.

Si vous vous intéressez véritablement à moi , écrivez-moi
tout ce que vous apprendrez de
Donamar. Vous m'entendez !
tout.

LETTRE X.

*Laurette de Wallenstädt à
Frédérique de Glanzow.*

Berlin, le 30 Octobre.

Vous voilà retombée malade,
ma chère enfant! oui , tout à
fait malade d'amour. Voilà ce
que j'aurais pu lire dans votre
lettre , lors même que vous n'y
auriez pas inséré le moindre petit
mot sur votre rechûte.

Quand je vois tous les dangers
où elle vous expose, me faudra-
t-il désespérer de votre cure?
à Dieu ne plaise! Je dois plus
que jamais l'entreprendre, en
dépit de la répugnance, et même
de l'ingratitude de mon aimable
malade. Ma récompense sera le
témoignage de ma conscience.
J'aurai délivré une âme en
peine.

Pauvre petit cœur si malade!
eh quoi! ton intelligence t'a-
t-elle abandonnée comme ton
Donamar? il faut que tu l'aies
échangée contre tout l'esprit d'une
jeune béguine. Lui seul a pu
dicter ta réponse à ma lettre,
qui dit absolument tout le

contraire de ce qu'elle devait
dire. Lui seul suffisait aussi pour
découvrir le vrai sens de cette
réponse qui dit, aussi clair que le
jour : la victoire ou la mort. Que
j'obtienne Donamar, ou que je
cesse d'exister.

Voilà ce que j'appelle de l'héroïsme, ma chère petite Frédérique, et je me réjouis de voir
que vous n'êtes pas tout-à-fait
désespérée, puisque cette maladie qui attaque votre entendement, a laissé la faculté de
vouloir dans toute son énergie.

L'entendement, chère Frédérique, est encore dans son enfance,
tant qu'il n'a point comparé avec
attention

attention les différentes scènes
de la vie ; il est exposé aux em-
bûches les plus grossières , et
trompé presqu'à chaque instant
par le cœur. Le tems et les
occasions , quelques exemples
un peu sévères suffisent pour
dissiper le nuage qui l'envelop-
pait : mais le malin qui se plaît
à semer l'yvraie dans notre fro-
ment ; l'ennemi qui nous prive
de toutes les jouissances de ce
monde , quand nous négligeons
de nous en rendre maître , c'est
une passion ; oui , oui , une
passion. Voilà qui sonne d'une
manière bien désagréable , quoique vous disiez que mes pré-
ceptes sont charmans. C'est une
vérité dont il faut que vous

Tome I.   K

soyez convaincue pour devenir heureuse. Aussi m'entendrez-vous prêcher infatigablement sur mon vieux texte : garde-toi des passions. J'écrirai sur la porte de votre chambre à coucher : garde-toi des passions.

Voulez-vous que je vous dise sérieusement et dans toutes les formes, comment ce satan déguisé a usurpé l'empire de votre raison ? volontiers. Commençons par la théorie. Il existe, et Dieu sait dans quel coin de la nature humaine, mais il existe un esprit à peine connu de la dixième partie des philosophes, à peine employé de la centième. Cet esprit, c'est l'ange tutélaire des grands princes, des généraux, des ministres et des législateurs; c'est par lui qu'on guérit sans peine les caprices, qu'on éclaire la sottise, qu'on aveugle la sagesse; c'est lui qui tire les paresseux de leur léthargie, et qui verse ses pavots sur les gens actifs. Enfin les sondes, les opiats, les simples dont on se sert pour la guérison des cœurs ne sont absolument rien sans lui. Et cet esprit, ce grand esprit! c'est l'esprit de contradiction. Qui sait le conjurer ou plutôt l'asservir, peut tirer plus de parti de son pouvoir qu'Aladin n'a fait de tous les génies soumis à sa lampe merveilleuse. Tous ses desirs seront comblés, et son

K 2

empire est fondé sur des bases
certaines. J'espère qu'une foule
d'observations vous ont per-
suadée de la vérité de ce principe.

Du moment où vous avez été
certaine que Donamar préférait
les femmes modestes, timides
et reservées à celles d'un naturel plus franc, d'une conduite
vive et dégagée; si, au lieu de
perdre votre tems à examiner
lequel était préférable, de vous
plier à son caprice, ou de le
soumettre au vôtre; si, dis-je,
vous aviez choisi le moment où
il pouvait vous entendre pour
dire à quelqu'un, avec une orgueilleuse cordialité, « en vérité

c'est dommage qu'un homme d'autant de talens que Donamar annonce des goûts aussi efféminés ! » comme vous auriez mêlé les cartes, ma chère amie ! A Dieu ne plaise que vous eussiez cherché à vous persuader de ce que vous disiez dans ce moment. Ce n'est pas sur le compte de Donamar qu'on peut adopter une semblable croyance ; mais le cavalier aurait été piqué au jeu. En dépit de sa propre conscience, il n'aurait pu souffrir qu'une femme. une jolie femme conservât de lui une opinion aussi désavantageuse ; il se fût senti mécontent de lui-même. Bon gré, malgré, il eût fallu réparer sa gloire; bon gré, mal--

gré , il eût fallu se rapprocher
de vous. Vous , alors , ma chère
Frédérique , vous auriez eu l'air
de ne vous appercevoir de rien :
le cavalier se fût approché encore
davantage pour que vous vous
apperçussiez de quelque chose.
Mais lorsque la corde aurait été
tendue au plus haut ton ; quand
vous auriez amené Donamar au
grand point de l'intéresser à vos
actions , alors il eût fallu vous-
même , insensiblement, adoucir
votre ton , et , sans en avoir
l'air , accorder quelque chose
à sa manière de penser. Il eût
fallu imperceptiblement s'avancer à sa rencontre, lorsqu'il eût
cru marcher vers vous à grands
pas. Et quand vous auriez été

tout près l'un de l'autre ; quand
l'homme aimable et brillant aurait été tout près, tout près de
la fille aimable et brillante,
alors, ou la nature se fût montrée aussi inconstante dans ses
effets que le cœur d'un homme
dans ses inclinations, ou Donamar, comme vous le desiriez,
eût été bientôt le Donamar de
sa Frédérique. Mais il faut convenir aussi qu'un cœur passionné
ne sait point accomplir de semblables miracles.

Que le passé soit donc passé ;
c'est un enfantillage de s'en occuper, à moins qu'on ne veuille se
servir de ses réflexions pour changer de conduite dans l'avenir ;

et ce n'est pas là le plan de ma
chère Frédérique.

Vous voulez que Donamar
s'attache à vous, et vous vous
soumettez à lui. Vous voulez
qu'il vous aime, et vous allez à
son école ? Il vaudrait tout autant courir à toute bride jusqu'au
camp des Prussiens. Non, mon
amie ! ce n'est pas ainsi que
des hommes, que des créatures
raisonnables se laissent subjuguer. Le pédagogue a-t-il quelque respect pour l'enfant qui
baise sa férule ? il peut en faire
l'éloge ; oh ! oui, il peut le
regarder comme un bon garçon,
comme un écolier bien soumis.
Et je vous réponds, ma chère

Frédérique, que si cela peut vous contenter , il n'est point de démarche que Donamar ne puisse hasarder auprès du ministre pour vous procurer une abbaye : mais vous aimer ! mais aimer la fille qui s'est laissée moriginer par lui ! adressez-vous à quelque missionnaire , mais point à Donamar. Il faut qu'un Donamar adore ou se livre à la plus parfaite indifférence. Point de milieu en amour ; adoration ou indifférence.

Pensez à tout cela , mon aimable malade , et épargnez-moi, par votre présence , la tâche fatiguante d'écrire mes recettes. Cette croisière avec le papa ne

servira de rien. C'est à Berlin
que nous avons les nouvelles
de la première main ; et c'est là
qu'on peut, au besoin, mettre en
mouvement tous les rouages de
notre machine.

P. S. Que me donnerez-vous,
si je vous dis encore quelque
chose de nouveau ? Mais on ne
peut pas écrire aux malades tout
ce qu'on leur dirait bien.

LETTRE XI.

Le Comte Donamar à Saint-Julien.

Berlin, le 4 Novembre.

ME voilà donc aussi dans cette
fameuse ville de Berlin, où tant
d'objets, aussi variés que nouveaux se sont présentés à ma
vue; et tu sais si mon âme connaît tout le prix de la variété
et de la nouveauté. Mais dans
quelles sources puisé-je la sa-
tiété, la jouissance et la tranquillité ? Je trouvai dans une
auberge, sur la route, un atlas,
que je me mis à feuilleter comme
un enfant; et je disais en moi-

même : le monde réel , comme
ses vaines représentations , n'est
autre choses qu'un livre d'i-
mages pour les enfans , si notre
cœur n'a pas en lui-même l'intelligence de ses plus grandes
beautés. J'ai vu des hommes
de toutes les façons, et j'ai supporté sans peines leurs communes infirmités ; mais Dieu
sait comment ils me sont à
présent devenus à charge ; et jamais je n'avais éprouvé les sentimens où je me trouve aujour-
d'hui. Ce n'est point de la haine
que je sens , mais un dégoût qui
ne me permet pas de supporter
aucune autre société que la
mienne. Eh quoi! ce que je regarde comme la meilleure partie
de

de moi-même serait-il le monde pour moi ?

Il faut, il faut que je sois actif. Je le sens, comme je sens mon existence. Tu as raison. Mais cette activité de marchand n'est pas celle qui me convient. J'ai besoin de quelque chose qui me presse, qui m'ébranle, qui me remplisse. Cette capitale où la guerre a rassemblé tous les esprits vitaux de la monarchie, est morte à mes yeux; où plutôt sa vie n'est pas la mienne.

Noble Saint-Julien ! c'est en toi que je puise et mon exis- tence et mon imagination. Tou- tes mes facultés sont en ta puis-

Tome I.   L

sance. Je ne sais, mais il me semble que ce voile mystérieux dont tu t'enveloppes, te relève encore à mes yeux. Je t'aime tel que tu veux te montrer. Il est une partie de toi-même que je vois distinctement. L'autre se cache dans un nuage, et ce nuage contribue encore à l'agrandir, comme l'obscurité qui fait croître les fantômes. Ces caractères tracés par toi, me semblent l'ouvrage d'une main surnaturelle. Saint - Julien ! garde tes secrets.

Je devais souper ce soir avec le Chambellan Z*** que j'ai connu dans mon voyage d'Italie. Il me fit savoir que la Baronne de Wallenstädt serait de la société. La Baronne de Wallenstädt ! une dame que je serais assurément flatté de connaître. Ainsi, dès mon premier pas dans Berlin, je la trouve donc cette Baronne de Wallenstädt.

J'ai fait dire au Chambellan, de la manière du monde la plus amicale, que toute ma soirée serait occupée par des affaires importantes que rien au monde, pas même la dame en question, ne pouvait me faire abandonner. Je me suis rappellé, depuis, que je n'ai chargé le domestique d'aucun compliment. La chose est faite, dût la dame s'en formaliser.

* * *

Que veut dire ceci? est-ce
une mauvaise plaisanterie ou
une intrigue ? Attendez - moi ,
mes amis , je pénétrerai , d'un
coup de griffe, à travers la toile,
dussent les fils me rester dans
les doigts.

Autant qu'il m'en souvienne ,
c'est aller contre toutes les règles
de l'étiquette, de réitérer une
invitation à celui qui a refusé
la première. Cependant le Chambellan Z*** qui connaît d'ailleurs
très-parfaitement tous les principes d'étiquette , m'écrit un
billet qui semble construit avec
beaucoup d'embarras , dans lequel il me supplie instamment,

s'il m'est impossible de souper
chez lui, de venir passer une
heure avec la société.

Malicieux personnages ! si
j'ignorais encore que la jolie
Baronne de Wallenstädt a passé
par M***, et qu'elle entretient
un commerce de lettres avec
la presque jolie Frédérique de
Glanzow, peut-être, aurais-je
quelque chose à redouter du
terrible complot formé contre
moi par ces aimables dames.

Avec tout cela, on m'a mis
de mauvaise humeur, et je saurai
me faire justice de tout ce
joli tatillonage. J'ai refusé, pour
la seconde fois, l'invitation du
Chambellan.

L 3

Croyent-ils que j'irai chercher le sermon que me prépare madame la Baronne, sur ma conduite avec sa chère amie ? Faut-il donc se voir ainsi arraché à ses plus douces jouissances ? A mon avis, rien ne devrait être plus sacré pour les hommes, que la retraite de celui qui se plaît dans la solitude. Chaque effort, pour l'en tirer, est une invasion du plus sacré des droits, celui d'être heureux à sa manière.

A dix heures du soir.

L'homme propose et Dieu dispose. Je croyais avoir à combattre tous les monstres de la fable, et j'ai trouvé la femme du monde la plus aimable.

Je m'apprêtais à recommen-
cer ma conversation avec toi ,
et je fouillais dans mes papiers
pour chercher quelques feuilles
que tu m'as laissées , quand
mon domestique annonça le
Chambellan Z*** en propre
original. Avant que j'eusse le
tems de répondre , mon homme
était entré dans la chambre
avec ses mille et une protestations.

Tu m'as dit, plus d'une fois,
que ma figure parle avec autant
d'expression que ma langue.
Aussi je ne doute point que le
Chambellan n'ait pu y lire ma
mauvaise humeur, écrite en très-
gros caractères , quand je lui

L 4

fis ma révérence. Il avait lui-
même une mine assez embar-
rassée. Cependant il rassembla
bientôt tous ses esprits; m'acca-
bla de carresses et de vieux
complimens bien usés, m'assura
que c'était pour moi qu'il avait
réuni cette société; que je ne
voudrais pas le compromettre,
etc. etc.; enfin, de recoin en recoin, il me pressa si fort, que
je n'eus plus d'autre parti à
prendre que celui de sortir avec
lui au bout d'un quart-d'heure,
fermement déterminé à châtier
cette race importune, de manière à pouvoir compter que
cette violence morale serait la
dernière que j'éprouverais de
leur part.

Une société élégante, les dames sur le sopha, derrière la table à thé, et les cavaliers rangés en demi-cercle autour d'elles, voilà ce qui s'offrit à nos regards, lors de mon entrée qui ne se fit pas sans attirer sur moi le coup-d'œil général de la curiosité. Comme on ne voulait pas me faire sentir que j'arrivais après une triple invitation, toutes les têtes se baissèrent à-la-fois, avec un concert si bisarre, que la mienne se trouva seule élevée, planant au-dessus de toutes les autres. Qui cherchai-je d'abord? N'est-ce pas l'office d'un général, avant l'attaque, de mettre à découvert son antago-niste par une manœuvre hardie?

L 5

Aussi mon premier soin fut-il de porter un regard , qui n'était rien moins qu'amical , sur toutes les têtes de femmes réunies, pour y chercher la Baronne de Wallenstädt.

Je la trouvai bientôt. Et quel œil n'eût pas distingué cette tête charmante parmi les figures insignifiantes qui l'environnaient? Ce maintien facile , ces mouvemens gracieux, cette inépuisable variété d'expression dans les traits de sa figure dont je ne voyais pourtant qu'une moitié ; cette.... Mais arrêtons l'essor d'une imagination déréglée ; et, pour raconter avec ordre , comme disent les Ju-

ristes, conformons - nous à la
chronologie.

J'avais donc trouvé l'objet de
ma colère, et mes yeux avaient
dit : la voilà !

A demi-couchée sur le sopha,
et le bras gauche . . . . Etait-ce
bien le bras gauche? Oui, oui,
le bras gauche, aussi légèrement
appuyé sur la table à thé que
la rose dont le poids se fait à
peine sentir à sa tige ; elle avait
tourné son visage du côté d'une
épaisse masse de chair , la
dame de la maison qui prenait
place auprès d'elle ; ses regards
n'étaient point fixés sur moi ;
les traits délicats de son profil

L 6

offerts aux miens, formaient, avec l'énorme figure, ce contraste produit par l'étoile isolée qui se détache brillante des voiles obscurs de la nuit. Mon âme était dans mes yeux.

Elle se laissa doucement retomber sur le sopha entre ses voisines, tournant toujours son visage du côté de la grosse dame, à qui elle semblait dire quelque chose. Mais l'autre, fixant les yeux sur moi d'un air aussi stupide qu'empesé, paraissait à peine lui prêter un peu d'attention. Au moment où je m'y attendais le moins, mon ennemie déclarée me surprit par un regard de Minerve qui me fit

détourner un peu la vue, me
mesura d'un coup-d'œil, comme
l'on examine un nouveau soldat,
sourit au moment où j'avais
retrouvé assez d'assurance pour
répondre à ses regards par l'hommage des miens, et se retourna
du côté de la femme du Chambellan.

Que mon génie me pardonne
le trouble que je sentis en cet
instant ! mais, je dois l'avouer,
ma situation était un peu pénible.

J'étais accablé de questions
par mon Chambellan, questionné
par des messieurs inconnus,
questionné par des dames qui

m'étaient parfaitement étrangères.
Mais pas une demande, pas un
mot, pas une syllabe de la seule à
qui j'eusse si volontiers répondu.
Bientôt un silence extraordinaire
passa de siége en siége, et plana
sur toute l'assemblée. Mais, au
moment où je touchais déjà le
bouton de ma montre, la fée
silencieuse ouvrit la bouche, et
le cercle fut ranimé. C'était une
attaque spirituelle, enveloppée
dans une question très-naïve, en
apparence, qu'elle adressait au
bon Chambellan. Cette saillie
fut le signal d'un engagement
général. Elle faisait allusion à
une anecdote qui m'était inconnue. Je ne pouvais saisir le sel
de sa question, et cependant je

souris. — Me diras-tu pourquoi ?
Je souris avec les autres comme
si j'eusse tout entendu. Les
rieurs qui voulurent briller par
leurs réparties, se sentirent bientôt poussés dans leurs derniers
retranchemens par l'aimable railleuse, et cessèrent un combat
trop inégal. Et, cependant, que
faisait Donamar ? Il avait oublié toute sa mauvaise humeur,
et brûlait d'impatience d'engager la bataille avec notre
héroïne.

Comme j'ai un long chapelet
de belles choses à dire aux
dames , sur-tout à celles pour
qui je n'éprouve qu'un respect
modéré, j'en commençai bientôt
l'essai sur mon adversaire. Elle

y fit peu d'attention; elle en saisit seulement le sens, qu'elle releva avec adresse, et nous commençâmes un assaut d'esprit qui nous conduisit à un débat philosophique, sans que personne entreprit d'interrompre notre dialogue. Nous disputions sur les jouissances de la vie; et jamais, dans le cours de la mienne, je n'ai entendu homme ou femme traiter une question sérieuse avec tant d'intérêt et un épicuréisme aussi délicat; jamais je n'ai vu réuni, sur un semblable sujet, autant d'imagination avec la même latitude de principes.

Que disait-elle donc? Eh!

mon cher Saint-Julien, peut-on, quand on est auprès d'elle, songer à ce qu'elle dit? On a bien assez de sentir la manière dont elle le dit.

Ce fut avec beaucoup de peine que je parvins à me dérober, quand l'horloge m'avertit que j'avais déjà passé une heure chez le Chambellan. Mais il fallait tenir ma parole, et je fus obligé de retourner à mes affaires prétendues.

Tandis que je sortais, le Chambellan courut après moi : « Vous vous repentirez « me dit-il » de nous avoir ainsi abandonnés. Ne voyez-vous pas ce

clavecin? Madame de Wallenstädt joue comme une virtuose,
et ce soir elle nous a promis des
pièces charmantes. » Pourquoi
le sot attendait-il, pour me dire
tout cela, que je fusse déjà dans
le vestibule? Que ne savait-il
donc, qu'avec de la musique, on
pourrait m'enfermer en enfer....
pourvu qu'on s'y prît à tems,
Je fus me promener sous les
tilleuls pendant une heure, et
je m'y livrai à mes réflexions
sur cette femme, à qui, soit en
bien, soit en mal, on pourrait
à peine trouver un pendant. Je
soutiens, en tout cas, que la
comparaison que Seltitz a faite
d'elle avec Mademoiselle de
Glanzow, n'est rien moins que

fondée sur de justes proportions.
Glanzow est vive, Wallenstädt
animée; l'une railleuse, l'autre
spirituelle; celle-là hasardée,
celle-ci pleine de finesse. Les
Graces président à tout ce que
fait, à tout ce que dit Wallenstädt; et c'est à peine si Glanzow
connaît leurs noms. Mais combien cette Wallenstädt est encore éloignée de ressembler à
la femme qui pourra un jour
m'appartenir! Qu'est-ce que du
feu, de l'esprit; qu'est-ce qu'une
manière libre de penser, si l'on
n'y joint l'innocence, l'attrait
irrésistible de la réserve, et
sur-tout cette douceur qui part
de l'âme? Où pourrai-je retrou-
-ver ce qu'un seul regard m'a

découvert dans le fantôme du bois de M**?

LETTRE XII.

Laurette de Wallenstädt à Frédérique de Glanzow.

De Berlin, le 5 Novembre.

QUE la trompette sonne, et marchons à l'attaque, belle fille, animées par ses sons joyeux. Les Dieux ont livré l'ennemi entre nos mains : il ne faut pas pourtant chanter trop tôt victoire ! L'ennemi est puissant; puissant en force et en attraits; il capitulera long-tems avant de se rendre. Mais il faut enfin qu'il se rende à discrétion, et que toutes les divinités de l'Amour portent témoignage de sa chûte.

Donamar, l'orgueilleux, le vaillant, l'infidèle Donamar, le fugitif Donamar est ici, Frédérique! je l'ai vu, je lui ai parlé, je l'ai enchaîné!

Décrirai-je cette taille héroïque? cette figure d'Apollon qu'anime l'énergie allemande? Parlerai-je des beaux yeux bleus à fleur de tête? des blonds cheveux qui tombent en boucles si négligées sur ses épaules? de ce nez, qu'une douce courbure relève vers les cieux, et de ces

lèvres de corail qu'anime le plus
doux sourire ?

Et voilà celui que Bellonne
veut attacher à son culte sanglant ! Contente-toi, déesse, de
ces bataillons d'adorateurs qu'ont
abandonné les amours. Mais
Donamar est à nous, Donamar
appartient à ma Frédérique.

Quelle teinte ont prise en ce
moment les lys de votre front?
M'en ferez-vous confidence, la
belle affligée? Voulez-vous venir, maintenant?...

Mais quoi ! je tombe en
contradiction avec moi-même,
n'est-ce pas ? Courir après un

infidèle, c'est-là précisément tout
l'opposé de mes conseils. Jolie
malade ! Il faut adhérer à ses
maximes, mais il ne faut pas
s'en rendre l'esclave. Quand on
peut choisir, on doit choisir de
son mieux ; mais il y a tel cas
qui ne laisse aucun choix. Lorsqu'il arrive, par exemple, que
la balle que nous guettions depuis long-tems, tombe d'elle-
même entre nos mains. Dans le
cours de la vie, les événemens
extraordinaires, et qu'aucune
politique n'a pu prévoir, ont
des règles qui leur sont toutes
particulières ; et le chapitre des
accidens est un chaos d'où l'on
peut tirer un monde, quand on
sait bien en profiter.

Croyez-vous que je me sois
réjouie lorsqu'on m'apprit que
Donàmar était ici ? point du tout;
je n'y avais en rien contribué.
Vous persuaderiez-vous que j'en
aie été satisfaite pour l'amour
de vous ? encore moins. Ce n'est
pas pour l'amour de vous qu'il
est venu à Berlin. La chose va-
lait-elle la peine de chanter
victoire ?

Mais que faire ? laisserons-nous
échapper l'oiseau, dans l'espoir de
le rattraper une autre fois ? Non,
la vie n'est point assez longue
pour perdre ainsi un tems précieux. Et, s'il est sûr que le bonheur favorise ceux qui s'élancent
pour l'atteindre, il ne l'est pas
moins

moins qu'il abandonne ceux qui l'ont une fois négligé. Quelle sera donc notre conduite ? La nature des circonstances dicte elle-même notre réponse. Donamar ne songeait point à vous lorsqu'il est venu ici. Eh bien, coûte qu'il coûte, il faut qu'il reste à cause de vous. Voilà mon opinion. Mais.... point de mais; je sens toute la grandeur de ma pensée : telle qu'un nuage terrible et majestueux, elle se promène et s'étend dans mon âme, absorbant, d'une attraction toujours croissante, les faibles idées qui cherchent à l'éloigner.

Votre arrivée, ma chère fille, serait tout-à-fait hors de propos,

M

si je n'étais point ici pour vous
recevoir. Mais j'applanis les chemins devant vous, mon aimable
patiente, et je prépare un lit
de roses pour vos membres fatigués.

Auriez-vous pu vous imaginer, ma bonne amie, que le
renom de ma chétive existence
fût déjà parvenu jusqu'aux oreilles de votre chevalier, et que
mon nom fût connu de lui avant
qu'il eût vû Berlin ? Auriez-
vous cru qu'il redoutât de se
mesurer avec moi ? qu'il vînt ici
exprès pour m'offenser ? Enfin,
qu'obligé de paraître devant mon
trône, en dépit de son humeur
sauvage, il y est arrivé avec le

regard d'un lion, et l'a quitté comme le plus doux agneau.

Le chambellan de Z***, le plus complaisant, le plus galant, le plus amoureux de tous les sots; le chambellan de Z***, qui a eu l'esprit d'épouser une oye grasse de la Pomeranie, bien résolu de la plumer, a l'honneur d'être au nombre de mes plus humbles serviteurs. J'ai appris, par hasard, qu'il avait connu Donamar dans le cours de son voyage d'Italie; et ce dernier était à peine arrivé, que j'ordonnai à Z***de l'inviter à souper. Mon féal sujet s'imagina qu'il avait frappé un coup de maître, en ajoutant, à son invitation,

M 2

qu'une personne de mon rang
et de ma figure devait être de
la société. Quelle fut sa surprise, quand Donamar lui fit répondre qu'il était retenu par des
affaires importantes, et que le
fussent elles moins, il ne les
abandonnerait point pour la très-
célèbre baronne de Wallenstädt.
Mon Chambellan sauta jusqu'au
plancher. Désespéré de sa triste
commission, il courut lui-même
chez moi pour me rendre compte
de ce blasphême. Pour le dire
en passant, l'expression de Donamar n'était rien moins qu'or-
thodoxe, puisqu'il ne me connaissait que de nom. Aussi le
propos de votre bien-aimé est-il,
jusqu'au moment convenable,

soigneusement consigné dans mes
archives criminelles.

• Le Chambellan, qui ne pouvait concevoir avec quelle indifférence je supportais une offense
pareille, reçut l'ordre exprès
d'inviter de nouveau son ré-
fractaire ami, par un billet
plus pressant. Il obéit en murmurant, et obtint pour sa récompense, un second refus de
Donamar. Il ne me fallut pas
peu d'adresse pour décider mon
loyal amant à lui faire une
visite. Mais enfin un ordre,
sous peine de perdre mes bonnes graces, ne manqua point
son effet, et l'on m'amena le
rebelle.

Le beau Donamar n'avait pas
même daigné prendre la contenance d'un rebelle lorsqu'il se
présenta devant moi pour la
première fois. Il entra d'un air
sombre et froid : mais on pouvait voir que son regard cherchait quelqu'un dans la société.
Aussi-tôt que je m'en apperçus,
je saisis rapidement, d'un coup,
d'œil, l'ensemble de sa personne,
et me tournai vers ma voisine, la
plus grosse moitié de mon fidelle
serviteur, afin que mon regard ne
pût rien dire à Donamar lorsqu'il
viendrait à me découvrir. Je
m'étais apperçue , depuis cinq
minutes, qu'il me regardait, et
il ne savait pas encore que mes
regards se fussent arrêtés sur lui.

Il y avait cinq minutes, que je
brûlais d'engager la conversation
avec lui, et je n'avais pas encore eu l'air de m'appercevoir
qu'il fût là. Tout-à-coup j'arrivai, par un détour, au point
d'entâmer un entretien général,
et mes yeux se portèrent sur
l'ennemi en parcourant le cercle
assemblé. Juste ciel! quelle différence dans ses traits! semblable
au pélerin qui, pour la première
fois, apperçoit dans l'éloigne-
ment la sainte chapelle de Laurette; semblable au renégat qui
voit tomber la foudre sur un
édifice voisin, tel je vis l'héroïque enfant de la guerre porter
sur les traits l'empreinte de l'é-
tonnement, et se perdre tout

entier dans la contemplation de
mes attraits.

Cueillez des fleurs, Frédérique! cueillez-en par corbeille;
mais que vos justes empres-
semens évitent d'arracher un
bouton.

Le tems est un éclair et le monde un
théâtre.
Au gré des rayons bienfaisans
De l'astre qui la fit éclore,
Nous voyons la fleur des beaux ans
Chaque jour croître et croître encore.
Mais un moment, un seul moment,
Et de nos blonds cheveux l'or se change
en argent.

LETTRE XIII.

Le Comte Donamar à St.-Julien.

Berlin, le 8 Novembre.

JE suis agité, dévoré d'inquiétudes, en proie à l'attente, au désir, à l'espérance. Que veux-je donc ? Une lettre de toi, mon St.-Julien, une lettre qui puisse, par un souffle d'amitié, appaiser la tempête qui s'élève dans mon sein.

C'est réellement une propriété de mon organisation, de supporter moins difficilement les vicissitudes du sort que les incertitudes de l'attente. Je me

suis convaincu , dans plusieurs
circonstances, de cette disposition
particulière. Elle seule peut
expliquer l'impatience avec laquelle je désire une lettre qui ne
peut point encore être arrivée.
L'émotion qu'a produite en moi
la nuit passée doit y avoir aussi
beaucoup de part. Pendant toute
la matinée qui suit un bal , on
sent toujours une agitation dans
le sang , un vuide , un ébranle-
ment dans la tête qu'un léger
sommeil a bientôt dissipé.

Hier, le Ministre de ** a donné
un bal brillant auquel je fus
invité. Je n'étais rien moins
qu'en humeur de profiter de
cette invitation ; et je me sentais

aussi peu d'inclination pour le
bal que pour l'assemblée dont
je t'ai déjà parlé. Ainsi je ne
m'y rendis qu'assez tard, et
quelques heures après l'ouverture. L'idée d'y trouver la
belle Wallenstädt, excita en
moi un sentiment pénible que
je ne pus alors expliquer, et
dont même, à présent, il me
serait impossible de me rendre
compte. Je ne la redoutais en
aucune manière, et j'avais déjà
éprouvé que son entretien ra-
mène la sérénité dans mon âme;
cependant il s'en falloit peu que
je ne donnasse à mon cocher
l'ordre de retourner au logis,
quand la musique frappa mes
oreilles, et que l'illumination

qui éclairait toute la rue me
découvrit les fenêtres de l'appartement où l'on était réunis.
Enfin, je descendis lentement de
ma voiture, et plus lentement
encore, je comptai, l'une après
l'autre, toutes les marches de
l'escalier.

Je fus frappé par les sons
d'une musique étrange, moitié
menuet, moitié contre-danse,
changeant assez souvent de
mesure et entre-coupée par de
fréquentes pauses.

Quand mon chasseur m'ouvrit
la porte de la salle, je n'y trouvai personne pour me recevoir.
Les domestiques de la maison,

se

se firent un passage à travers la
foule pour chercher leur maître.
Je vis l'appartement rempli de
figures très-parées , mais confon-
dues de la manière la plus bisarre,
toutes se pressant les unes sur les
autres , et toutes me tournant le
dos. Les têtes s'élevaient par-
dessus les têtes, ou cherchaient
à se placer les unes entre les
autres. Enfin , je pus conjecturer que quelque spectacle extraordinaire excitait l'attention
de cette foule réunie. Mais ,
comme j'étais au dernier rang,
il me fut impossible de rien
distinguer.

Voyez, voyez, disait d'un air
charmé un Monsieur , derrière

lequel je m'étais placé, à la personne la plus proche de lui ?

La distinguez-vous à présent, disait un autre ? Tenez, c'èst celle-ci, vétue en blanc, avec une guirlande vert-pomme.

Quoi ! s'écriait un troisième, tout ceci est de l'invention de madame de Wallenstädt ?

Apparemment, lui répondait son voisin, à moitié fâché. Il fallut bien me presser aussi ; et, bien ou mal, traverser la foule. Je la vis enfin. Laurette de Wallenstädt mise de la manière la plus simple et la plus élégante, enlacée dans les bras d'un joli

housard qui la conduisait, en
figurant à travers les rangs des
danseurs. Ceux-ci répondaient à
leur figure par des pas correspondans ; et, bientôt, tous les
couples se croisaient, se confon-
daient et mêlaient leurs danses
d'une manière aussi pittoresque
que variée. Oui, les grâces sont
les divinités de la terre. Les
autres danseuses, je crois, ne
se tiraient point mal de leur
figure. Mais mes regards ne
voyaient de danse que lorsqu'elle dansait ; et tout s'arrêtait pour eux quand elle avait
cessé de figurer. Tant d'aisance
dans ses mouvemens ! tant de
légèreté dans ses pas ! tant d'âme,
tant d'esprit dans ses attitudes !

Aucune Ariane ne me donna le fil de ce nouveau labyrinthe. La pensée de Laurette me frappa tout d'un coup. Les sentimens qu'on éprouve au retour d'un objet aimé, c'était là le motif de son ballet. Sommes - nous dans la Grèce, ou sur l'Olympe ? telle fut l'exclamation qui pensa m'échapper.

Enfin, le ballet finit et l'encens fuma de toutes parts. La foule était trop grande pour que j'en pusse offrir un seul grain. Le Ministre, qui était venu me recevoir, paraissait aussi enchanté que moi.

Les contre - danses commencèrent, et la foule dont Laurette était entourée se dissipa. Le joli housard se mit sur les rangs avec une autre dame ; il ne resta plus auprès d'elle que le chambellan de Z***.

Il fallut bien m'approcher, et présenter aussi mon hommage. Elle me fit un accueil distingué, et me reçut avec une liberté aimable, également exempte de l'abandon d'une coquette et des réserves de la pruderie. Où donc ce bon Seltitz avait-il les yeux quand il lui trouva des airs de coquette ? Elle reçut mes complimens avec autant d'aisance que d'adresse ; et, au bout de quelques minutes, la

N 3

conversation devint raisonnable
et presque philosophique. Nous
entrâmes dans une discussion
sur la danse, et cependant un
cercle assez nombreux s'assem-
bla autour de nous pour nous
écouter.

« Suffit-il pour danser, « disait
Laurette, » de remuer les pieds
en mesure? Un amusement quelconque doit avoir un sens et une
expression pour s'élever au-
dessus d'un exercice machinal.
Rien ne serait plus aisé que de
former de petites danses de société, à-peu-près comme nos
quadrilles, et de leur donner
l'empreinte d'un sentiment doux,
ou animé; et quiconque voudra

se donner la peine de chercher, en trouvera, sans peine, d'analogues à celle dont j'ai fourni l'exemple. Mais chaque danse doit avoir sa musique particulière. Il me semble ridicule d'exécuter, sur le même air, des danses absolument opposées, et qui n'ont rien de commun qu'un mouvement et un nombre de mesures semblables. La convenance est une des bases de l'harmonie ; et, sans l'harmonie, où peut-on chercher la beauté ? »

On voulut lui faire quelques objections qu'elle se garda bien de traiter au sérieux. Une grêle de plaisanteries mit les rieurs de son côté, et la servit beau-

N 4

coup mieux que tous les raisonnemens.

« N'êtes-vous pas de mon avis,
M. le Comte ? » me dit-elle, avec
un regard dont l'expression produisit en moi la sensation la
plus douce. » Le Chambellan de
Z*** tira une tabatière d'or, dans
laquelle il puisa une large prise.
Il se leva bientôt d'un air assez
troublé, et se promena, dans la
salle, à grands pas : nous nous
trouvions alors tête-à-tête, et
nous gardions le silence. Comment la presser de se joindre
à une de ces danses vulgaires
qu'elle venait de ravaler si bas?
et cependant la requête hardie
flottait sur le bord de mes lèvres,

sans oser, toutefois, les quitter.
Elle me regardait d'un air imposant et sérieux. Enfin, plutôt
pour dire que'que chose, que
dans le dessein précisément de
dire celle-là, je la priai de
vouloir bien danser avec moi.
Laurette se consulta, et je me
sentis débarrassé d'un poids;
Laurette rejetta ma demande:
elle avait chaud, et ne voulait
plus danser. Je me sentis encore
plus léger : énigme inexplicable
du cœur ! J'ai, depuis, réfléchi
sur ces sensations, et je me suis
demandé si c'était mon amour-
propre offensé dont le ressort
s'était relevé avec d'autant plus
d'énergie, qu'il avait été plus
comprimé. Non ! je ne pensais

pas à moi dans ce moment.
Étais-je content de me sentir
débarrassé du fardeau de cette
demande ? Ce n'était point cela
non plus ; car, même avant de
l'avoir hasardée, j'étais déjà satisfait, lorsque je lus dans ses
yeux qu'elle devait me refuser.
Le fait est constant, j'étais charmé qu'elle me déniât une chose
que j'aurais pourtant souhaité
d'obtenir. Et cependant, je m'en
rappelle, à cette sensation en
succéda une autre aussi douloureuse, que si j'eusse perdu ma
gloire et ma liberté.

Je fixai mes yeux sur la terre,
sans réitérer ma prière, sans
faire à Laurette des doléances

sur ce que j'étais privé de la satisfaction, etc.; enfin, toutes les balivernes usitées en cas pareil.

« Vous présenterai-je à quelqu'une de nos belles dames ? » me dit Laurette, d'un ton précipité. « Vous aviez peut-être envie de danser ? »

Non ! repris-je involontairement, d'un ton assez dur. Je la regardai, et mes yeux retombèrent sur le parquet. « M. le Comte, sentiriez-vous quelque chose ? me dit - elle avec un intérêt mêlé d'étonnement. » Une foule de rêveries, de souvenirs et de souhaits se succédèrent rapi-

N 6

dement dans ma pensée. Emporté par un mouvement de bienveillance familière auquel je n'ai jamais rien compris; je lui pris la main avec autant de cordialité que si nous nous fussions connus depuis plusieurs années.

Oui, dis-je, j'éprouve en ce moment un sentiment inexprimable. — Et pourtant, je te jure par notre amitié, qu'en cet instant je ne pensais point à Laurette. J'étais entraîné sans réflexion, et sa main n'était pour moi que le conducteur d'une foule de sensations fantastiques.

Laurette elle-même qui avait

trop d'intelligence pour confondre cet épanchement de fami-
liarité avec les expressions de
l'amour, n'avait point rejeté
ma main, et la tenait en souriant avec douceur.

« Mon cher Comte, vous avez
des vapeurs. Venez ! je vais
vous conduire sur les rangs. »

Sur mon honneur, je ne
danserai point, dis-je précipitamment ; et je retirai ma main.

« — Quoi ! pas même avec
moi ? »

J'hésitai, je balbutiai. Il y
avait, dans le ton dont Laurette

prononça cette question, quelque
chose de doux et d'argentin;
une âme et une expression....
Il me semble encore l'entendre,
et je te le retracerais si l'on
pouvait peindre un son.

Vous m'avez refusé, répondis-je avec douceur, et cependant mon cœur battait avec
violence.

« — Mon dessein était de refuser tout le monde. Mais, puisque
c'est vous, comme on dit au
marché.... »

Elle mit la plus aimable légèreté dans ce détour. Je ne pus
m'empêcher de rire; elle sourit

aussi. Et moi, transporté de joie,
je m'élançai de mon siége, et
fus avec elle me placer auprès du
premier couple qui se préparait
pour la contre-danse prochaine.

Nous n'attendîmes pas long-
tems. La musique recommença ;
et, comme nous étions occupés à
observer le couple qui figurait,
nous n'eûmes pas le tems de
nous rien dire de nouveau. Mais,
lorsque notre tour vint, et que
nos yeux se rencontrèrent pour
ne plus se quitter ; lorsque dans
les passes elle appuya la main
sur mon épaule, et que mon
bras droit s'entrelaça autour
d'elle ; quand, pour la faire
valser, je pris entre mes deux

mains cette taille élégante; oh!
c'est alors, mon cher Saint-
Julien, que la musique arriva
jusqu'à mon âme; c'est alors
qu'elle y porta des sensations
plus douces que n'ont jamais
produites les plus mélodieux
accens.

Enfin nous arrivâmes au terme
de notre course et de mon bonheur, et je sentis dans mon âme
une anxiété d'une nature bien
différente de celle que j'avais
éprouvée à côté de Laurette.

Aimerais-tu Laurette ? Cette
question que je me fis à moi-
même, au moment qui termina
notre figure, frappa tout-à-coup,

à travers le tumulte confus de
mes sensations , comme une étincelle électrique, et produisit en
moi l'effet le plus effrayant. Le
frisson de la mort coula dans
mes veines ; mes yeux errèrent
dans la salle autour de moi ;
mon cœur était comme pétrifié.

Eh quoi , faudra-t-il l'aimer ?
elle ! la plus belle des femmes
que Mahomet eût placé dans
son paradis ; la plus spirituelle ,
la plus aimable . . . Mais quelle
relation peut-elle jamais avoir
avec moi ? m'attacherai-je uni-
quement à la femme qui s'attache à tous et à personne ?
serai-je l'esclave confondu dans
la foule de ses esclaves ? est-ce

donc une entreprise si facile que
d'enivrer le faible Donamar ?
Ah ! Saint-Julien !

Après midi.

Je viens de faire un tour de
promenade, et je reviens à toi.
J'ai travaillé mon cheval, pendant quelques heures, dans le
jardin des portes et dans les
environs. Les vents humides et
orageux de l'automne ont entraîné les idées chimériques dont
j'étais tourmenté. Quand j'ôtai
mon chapeau dont l'eau décou-
lait par torrent, quand je vis
comme la tempête avait ra-
battu mes cheveux trempés sur
mon visage, je ne pus m'empêcher de rire, aux éclats, de ma

propre folie. Que d'embarras pour rien ! m'écriai-je : il vaut mieux aller nous sécher ; et, tout en riant, je remontai chez moi.

Maintenant, mon cher Saint-Julien, je me rappelle que je te dois encore la moitié de mon aventure ; elle a fini trop singulièrement et d'une manière trop romanesque, pour que ce ne fût pas conscience de t'en priver.

Lorsque mon sang, après avoir passé par toutes les températures, fut enfin revenu à sa température ordinaire, je m'apperçus que je m'étais livré à un transport qui n'était rien

moins que prudent. Assez mécontent de moi même, je ne
tins plus désormais à Laurette
que des discours décousus et
insignifians, et sur-tout, je m'abstins, non pas sans quelque
effort, d'arrêter de nouveau les
yeux sur elle. Lorsque la danse
fut finie, je la reconduisis à
son fauteil. Une foule de beaux
messieurs l'entoura bientôt de
toute part, et moi je me démêlai
de la bagarre.

Je retournai chez moi sans
prendre congé de personne, et
je voulus m'abandonner au sommeil. Je bus quelques verres
d'eau qui ne calmèrent point
mon sang agité. Quelques heures

après, j'entendis une voiture passer sous mes fenêtres. Je me levai,
et je vis d'abord qu'elle tournait
du côté de la grande rue ; enfin,
à la lueur des flambeaux , et
sans doute aidé par mon mauvais génie, je m'apperçus que
c'était le carrosse de Laurette.
Ce nouvel incident redoubla
mon agitation, à tel point que
je fus obligé de me promener
toute la nuit dans ma chambre,
roulant dans ma tête, en dépit
de moi , les idées que j'en voulais écarter, et maudissant mon
trouble, sans pouvoir parvenir à
le calmer.

Enfin, que toute cette aventure ait eu une source sérieuse,

ou n'ait été qu'une plaisanterie,
elle doit être finie désormais.
Je ne verrai plus Laurette. Je
resterai maître de moi - même.
J'obéirai à la prudence et à
mes propres résolutions.

Écris-moi, cher Saint-Julien.

LETTRE XIV.

Frédérique de Glanzow à Laurette
de Wallenstädt.

M***, le 9 Octobre.

Oui, je viendrai, ma chère
amie. Je dois venir et je viendrai. Mon père y a consenti,
et veut lui-même m'accompa-

guer. Mais prenons bien garde qu'il n'apprenne que j'ai su ici l'arrivée de Donamar à Berlin.

Je ne suis plus malade ; mais je n'ai pas encore retrouvé le sommeil.

J'ai peine à me résoudre à me conduire vis-à-vis de Donamar, comme vous me le conseillez. Cependant, je suivrai vos avis, autant que la chose dépendra de moi. Vous ne connaissez point l'homme, ma chère amie ; non, vous ne le connaissez point, si vous imaginez qu'on puisse le mener comme un enfant par les petits détours de l'esprit de contradiction. Il a la vue bonne.

S'il apperçoit la moindre partie
de votre plan, il devinera le
reste et nous serons tous perdus.

La manière dont vous vous
exprimez sur le compte de mon
bien - aimé, me causerait des
inquiétudes bien vives, si je
ne connaissais point votre ton
ordinaire. Je laisse à votre amitié le soin de décider s'il ne....
pour moi ce qui me plairait....

Il se passe dans mon sein un
combat étrange de tristesse et
de joie. Je veux former quelque
projet, et je puis à peine trouver
des idées. Je ne sais ce que je
fais. Je veux empaqueter mes
robes, et je les porte d'un bout

à

à l'autre de l'appartement pour les rapporter ensuite. O Laurette, Laurette ! si vous m'abusiez ! que deviendrais-je ! Un frisson coule dans toutes mes veines ! Oh, mon amie ! j'en perdrais la raison ! adieu.

LETTRE XV.

Saint - Julien à Donamar.

Bauzen , le 2 Novembre.

Sur quoi l'homme peut - il compter dans cette vie ? L'existence appelle la destruction ; et la joie, plante étrangère à ce globe, y pousse peu de feuilles, fleurit rarement, et n'a jamais donné de fruit.

Tome I.   O

Voilà ta lettre auprès de moi.
Cette lettre que j'ai pressée
contre mon cœur , comme je
voudrais y presser celui dont
elle est l'ouvrage ! Cette lettre
dont j'ai rompu le cachet avec
la même précaution que j'aurais
prise pour obtenir la pensée qui
cherchait à se renfermer dans ton
sein. La voilà ! et je la comtem-
ple muet d'étonnement. Ainsi,
j'ai perdu le prix de mes sacrifices ! ainsi la consolation qui
dut adoucir ma solitude s'ap-
puyait sur un espoir chimérique. Je te perds , et ce n'est
point pour le bonheur de l'état;
ce n'est point même pour une
femme sensible et aimante. Une
Wallenstädt va s'emparer de

celui-qui m'était si précieux. Je
verrai tout ce que j'ai de plus
cher, abandonné dans des mains
impures, et je garderai le silence!
Donamar! frémis de ta propre
situation. Wallenstädt t'a enchaîné pour te traîner derrière
son char de triomphe.

Quels doutes s'élèvent dans
ton âme? Eh quoi! ces rayons
de gloire qui ceignent sa tête
te la font-ils méprendre pour
un ange de lumière? Souvent
le talent d'un artiste, enflammé
de l'entousiasme de la beauté,
a rassemblé ces rayons trom-
peurs sur la tête d'une fameuse
courtisanne, pour l'offrir ensuite
à l'adoration d'ignorans parois-

siens qui l'ont nommée leur pa-
trone. L'imagination. Donamar,
est un artiste bien adroit. Mais
peut-être l'admire-tu sans l'aimer. Ami, pour les âmes vulgaires, il n'est point de passage
de l'admiration à l'amour ; pour
les grandes âmes, il n'est qu'un
pas ; et mon Donamar peut bien
faire trois pas d'un seul élan.

S'il est écrit sur le livre des
destinées que tes talens ne se
conserveront point libres et dans
toute leur vigueur pour le service de ton pays ; si tu dois
aimer une femme, qu'elle ressemble au moins à celle dont
la nature a tracé le portrait dans
ton imagination. L'amour véri-

table, lorsqu'il s'empare d'un
cœur assez grand pour le contenir, exerce sur lui le despotisme le plus absolu, soumet à
son empire toutes ses pensées
et toutes ses sensations, et rend
ses facultés inutiles pour tout
autre service que pour le sien.
Un amant n'est rien pour le
monde, et le monde n'est rien
pour lui. L'amour véritable,
source des plus affreux malheurs,
ou de la plus parfaite félicité,
s'il ôte à notre esprit toute sa
liberté, nous enlève du moins
à la terre par ses illusions. Mais
la volupté et des passions frivoles, en nous laissant l'existence civile, ne nous laisse
d'autre faculté que celle d'agir

comme des rouages passifs dans
la machine. Et, sans doute, il
vaut mieux mourir absorbé dans
le sentiment de sa liberté, que
de jouir tranquillement d'une
existence machinale.

On peut désirer une de ces
femmes brillantes, que notre
siècle regarde comme accom-
plies ; mais comment peut-on
les aimer ?

Donamar ! n'as-tu pas vu un
tableau qui représente un certain Antoine aux pieds de sa
Cléopâtre ? C'était un vigou-
reux garçon que cet Antoine,
un vaillant soldat.... et rien
de plus.

Et pourtant je me demande :
qui suis-je, pour m'ériger en
prédicateur ? Qui suis-je, Donamar ?

LETTRE XVI.

Billet de Laurette de Wallenstädt
au Comte Donamar.

Une fille de six ans, mon cher
Comte, est moins folle de sa
poupée que je ne le suis des
poëtes italiens. M. de Z*** m'a
dit en confidence qu'il avait vu
un volume de Métastase sur
votre table. Pourriez-vous, pour
un seul jour, vous priver de ce
fidelle compagnon en faveur
d'une malade ou peu s'en faut.

Cette contre-danse que j'ai dansée
malgré ma première résolution,
a beaucoup nui à ma santé.

Réponse.

MADAME,

J'ai l'honneur de vous envoyer tout ce que je possède de
Métastase. Je souhaite, de tout
mon cœur, que votre indispo-
sition n'ait point de suite, et
vous prie de me croire, etc.

LETTRE XVII.

Donamar à Saint-Julien.

Berlin, le 12 Novembre.

L'AMITIÉ n'est-elle point au-dessus de l'amour ? Née des besoins d'un cœur que ne peut satisfaire une molle dépendance, produite par cette noble impulsion qui nous porte à jouir dans un autre de nos propres facultés, n'est-elle pas fondée sur la base la plus noble et la plus constante de notre nature ? n'est-elle pas plus digne de l'homme ? Elle ne connaît point ce trouble tumultueux de l'imagination ; elle ne connaît point ce despotisme qui

soumet l'esprit malgré les répu-
gnances du cœur. Mais elle a
aussi ses désirs et sa fidélité ;
ses douces confidences et des
jouissances mutuelles, peut-être
aussi vives que celles de l'a-
mour.

Ta lettre respire cette paix
tranquille et orgueilleuse qui
convient à l'âme virile. Tes
pensées me paraissent sombres
et exaltées comme celles des
prophêtes orientaux. Je porte
ton discours écrit sur mon sein
comme une amulette.

Sais-tu, St-Julien, ce qui
rend notre amitié si sainte ?
ce qui fait que nous en sommes

tous les deux si fiers ? Si nous
ne nous sentions pas nous-mêmes,
comment chacun de nous pour-
rait-il sentir son ami ? Je per-
drai beaucoup de l'idée que j'ai
de moi-même, si jamais il m'arrive de t'aimer moins. Sais-tu
encore ce qui assure la durée
de notre amitié ? c'est que,
sortis parfaitement semblables
des mains de la nature, le sort,
le climat, les circonstances ont
produit en nous de sensibles
différences. La base de notre
âme est la même, mais non pas
la forme. Et c'est jouir d'une
double existence, que de se voir
modifié dans un autre, sans pourtant éprouver soi - même d'altération.

Mon agitation, après le bal dont je t'ai parlé, n'était, dans le fait, que de l'agitation. Je me suis presque offensé moi-même en me reprochant ma faiblesse; et la peur a pensé me rendre tel que je craignais d'être devenu. Depuis que j'ai renoncé à cette résolution trop précipitée, que j'avais formée, d'éviter la société de Wallenstädt, tout est rentré dans son état naturel. Eh quoi, ne peut on voir la beauté et se défendre d'une vaine ivresse ? N'était-ce pas une contrainte affectée, un enfantillage d'écolier, de me refuser les charmes de sa conversation, puisque ma raison est convaincue que nulle autre société ne peut me

les

les offrir, et que mon cœur reste
sans desirs auprès d'elle? Faut-il,
parce que la vue d'une statue a
dérangé la raison de Pygmalion,
que tout homme raisonnable se
prive désormais d'en examiner
aucune? Permets-moi de te dire
en ami, mon cher St-Julien,
que, cette fois-ci, tu t'es trompé
aussi bien que moi. Lors même
que Laurette ne serait autre
chose qu'une adroite séductrice
(ce qui n'est point mon opinion) dois-je lui donner le
triomphe de m'avoir réduit à la
fuite? Livrons nos cœurs à la
nature; elle saura bien les préserver des entreprises de l'art:
et, d'ailleurs, n'est-il pas plus
noble, en quelque façon, de

montrer à cette adroite coquette
qu'on peut impunément causer
et folâtrer avec elle?

Il y a quelques jours qu'elle
m'écrivit un billet, sans conséquence, pour me demander mon
Métastase. Je lui ai répondu
par trois lignes aussi sèches,
que le contenu d'une lettre-de-
change.

Hé bien, Saint-Julien, cela
n'était pas raisonnable.

Le 14 Novembre.

Il faut que je te parle un peu
de la tournure que prend l'affaire
qui m'a conduit ici. C'est, autant
que je puis voir, une coryée

qui ne valait pas le voyage ;
mais, puisque je m'en suis chargé,
il faut bien en faire quelque
chose. Je me sens, depuis hier,
la poitrine oppressée, et un ban-
deau sur le front, sans pouvoir
me rendre compte de mon état.
Mon précepteur, à qui Dieu
fasse paix, lorsqu'il se trouvait
dans la même situation, avait
coutume de se dire hypocondria-
que. C'est une maladie qu'il ne
convient guères à un soldat d'a-
vouer. Mais ce que j'éprouve,
est vraiment extraordinaire. Il
me semble que les tables et les
siéges dans mon appartement,
que les boutiques et les maisons
dans la rue soient tous sortis de
leur place accoutumée.

Je ne me trouve soulagé
qu'en plein air. Et c'est pour
moi un sujet de plus de regretter
que la nature ait si fort négligé
ces environs; si l'on peut toutefois appeller environs une plaine
immense , aussi unie qu'un
damier. Quel spectacle pour mes
yeux accoutumés à de plus douces
perspectives, que ces plaines de
sables qui s'étendent à perte de
vue, et qu'à peine des travaux
infatigables ont pu décorer çà
et là d'une apparence de végé-
tation ! Point de repos pour les
yeux, que quelques éminences
sablonneuses dont le dos dépouillé
n'offre d'autre objet de contemplation que de stériles bruyères,
des prairies dessèchées, et quel-

ques arbres sans vigueur. Je n'ai encore trouvé qu'un seul point susceptible de quelque agrément. C'est le rivage de la Sprée, le long du chemin de Kæpenic au-dessus de Berlin. Là se trouve, dans des sables humides, un petit bois planté d'aulnes et de bouleaux, où, dans la belle saison, on peut errer avec délices. Maintenant, il est à demi-dépouillé de ses feuilles; mais il offre encore des beautés automnales. Hier, je m'y couchai sous quelques aulnes, et je découvrais les eaux bleues et tranquilles de la Sprée, le long de laquelle descendaient quelques vaisseaux vers Berlin. Tout auprès du rivage, l'on trouve une chau-

mière et un moulin à vent, le
seul point où les yeux puissent
s'arrêter. Autour de moi des tas
de feuilles tombées, jaunes et
rougissantes. Le soleil couchant
lançait des rayons brisés et nébu-
leux à travers le feuillage mou-
vant de ces taillis.

Les soirées de l'automne ont
leur beauté quand le tems est
serein. Mais cette beauté a quelque chose d'attristant. Cette mort
visible et lente de la nature, et
ce soleil dont les rayons glacés
éclairent ses derniers soupirs me
firent écrier : quelle est donc ta
force vivifiante et toujours prin-
tanière, toi dont la vigueur sur-
vit aux vicissitudes des saisons?

(259)

Je me levai, et il me semblait,
qu'après le chant du cygne,
j'aurais pu me précipiter dans
ces humides ab.mes.

Maintenant, il faut te dire
que, le soir d'auparavant, j'a-
vais été dans une société où j'espérais trouver mon enchante-
resse, et elle n'y vint pas.

Le 15.

Toutes les fois que j'en trouve
l'occasion, je m'informe de ce
qu'on pense sur le compte de
Laurette ; et, le croirais-tu, mon
ami ? aucun de ceux que j'ai
interrogés jusqu'ici , n'a osé
attaquer sa réputation. On ba-
bille, on médit, on l'appelle

P 4

coquette ; mais personne n'ose
aller plus loin. Ainsi le mépris
des préjugés peut donc s'accorder avec une bonne conduite et même avec une bonne
renommée.

Le 16 au matin.

Oui , j'irai la voir. Et pourquoi n'irai-je pas ? L'amour ne
peut jamais s'établir entre nous.
Elle est la plus aimable et la
plus brillante des femmes. Jouir
de la vie est un devoir. A quoi
bon tant de gêne et de contrainte ?

Ah ! mon ami, quelle aimable soirée que celle d'hier !
quels délices ! quelle félicité !
combien je me sentais au-dessus

des faux principes et des vaines
fantaisies !

Je fus invité par le Chambellan Z*** à un souper de famille.
Je n'y trouvai d'étrangers que
les dames Sch*** et Laurette de
Wallenstädt. On se tourna bientôt du côté du clavecin.

Saint-Julien ! viens à Berlin
aussi-tôt que tu pourras supporter
le mouvement de la voiture.
Viens pour entendre Laurette
toucher du clavecin, pour goûter
la vérité, l'expression, la grâce
de son jeu ; pour voir tous les
traits de sa figure s'empreindre
des sensations de son âme, et
correspondre dans l'harmonie la

P 5

plus parfaite avec toutes les mo-
dulations de ses chants et de
son jeu ; ces yeux animés, le
mol abandon de cette tête, et
ces boucles de cheveux qui tombent sur ses épaules dans le plus
aimable désordre ; ces doigts si
blancs, si délicats, formant un
charmant constraste avec les
touches noires du clavecin. Ah,
Saint-Julien ! si tu veux échapper à l'impression d'une flamme
subite ; si tu veux que toute ta
sagesse ne s'envole point en mélodie, garde-toi d'apporter ton
cœur, tes yeux ou tes oreilles;
bouche soigneusement tous les
passages où le plaisir et la mélan-
colie, conduits par chaque ton,
par chaque trait, par chaque

mouvement pourraient avoir accès.

J'ai déjà trouvé plusieurs fois, dans des entretiens familiers, l'occasion de me réconcilier avec sa manière de penser si fort décriée. Elle n'a pas, en vérité, de malice dans l'âme. Sa légèreté même est une preuve de bonté. Je ne sais rien de plus que ce que j'ai appris en causant avec elle. J'ai encore la tête pleine de cette musique charmante. Pourquoi voudrais-je en savoir davantage ? Quand on sent la mélodie, comme Laurette paraît la sentir, on peut avoir des défauts ; mais le fond doit être essentiellement bon.

Passer toute la vie à ses côtés,
ne rien voir qu'elle, ne rien
entendre que ses charmans accords ; vivre au milieu des sons
les plus doux, et sentir encore
leur vibration pendant le calme
du repos!.... Voilà un souhait
dont l'accomplissement tiendrait
lieu du ciel philosophique.

Laurette se leva pleine d'ardeur et de gaieté. Elle me prit
par la main et m'entraîna vers
le clavecin, sur le siége où
elle venait de s'asseoir.

« C'est à vous, maintenant, » me
dit-elle ; « v.te, réparez mes sotti-
ses avant que la société ait eu le
tems de s'en appercevoir. »

A ce signal, mille louanges s'élevèrent de toute part. Et moi, encore incertain si je devais m'asseoir, ma main toujours dans la sienne, je ne pouvais trouver des éloges pour ce qui me paraissait les défier. D'un mouvement aussi involontaire que celui de mon cœur agité, je pressai cette charmante petite main, l'interprête du sentiment. Elle la retira, et je me laissai tomber sur le siége qui m'attendait.

« Allons, M. le Comte, » s'écrièrent plusieurs voix.

Je parcourus les différens tons. Peu à peu je m'animai, et j'arri-

vai, tout en préludant, à la fête
d'Alexandre, un morceau d'Hæn-
del , que je sais , en grande
partie , de mémoire. Quand je
fus au passage où le vainqueur
du monde

Et soupire et regarde , et regarde et
soupire ,

et bientôt animé par un coup-
d'œil de l'aimable Thaïs , saisit
la torche qui doit venger le
trépas de ses compagnons par
l'embrâsement de Persépolis :
Laurette m'interrompit par des
applaudissemens, et cria bravo!
Je redoublai d'énergie et d'expression, et les larmes de la pitié
coulèrent dans tous les yeux à

l'instant de la mort de l'infortuné Darius.

La conversation s'engagea sur
les effets de la musique, et l'on
vint à parler du clavecin de Laurette, qu'on vanta comme le
meilleur de la capitale. Dans
la chaleur de la conversation,
il m'échappa de dire que je
desirerais de l'entendre. Laurette sourit, et m'invita à la
visiter. Il me sembla qu'un jour
nouveau commençait à poindre
pour moi.

Tu connais une foule d'exemples de gens qui ne croient
point aux revenans, et qui pourtant en ont peur. J'éprouve quel-

que chose de semblable. Nos
premières idées sont comme les
impressions de l'enfance ; elles
triomphent souvent de notre raison. Aussitôt que j'eus accepté,
avec empresement, l'invitation
de Laurette , une voix sourde
cria dans mon âme : maintenant
il est trop tard. Une sensation
pénible me fit replier sur moi-
même, comme le voyageur qui
sent la main d'un brigand. Mais
je la regardai, et tous ces fantômes disparurent. Tout sembla
se rasséréner autour de moi, et
mon cœur partagea la gaieté répandue dans toute la salle.

Quand je fus de retour chez
moi, ces idées sombres revin-

rent m'assiéger. Je me voyais environné de fantômes extraordinaires qui, tantôt m'élevaient dans des régions lumineuses, et tantôt me plongeaient dans les abimes de la nuit. Éveillé jusques dans les fibres les plus cachées, je me jettai sur mon canapé, et j'essayai de fermer les yeux. Mais, au lieu de l'image de Laurette que je cherchais, je ne voyais que des roues de feu qui lançaient des tourbillons d'étincelles dans l'obscurité. Je me levai, et je me mis à la fenêtre. Le carrosse de Laurette ne passa point, puisqu'elle était partie en même-tems que moi. J'envoyai mes gens se coucher. J'éteignis les lumières, et j'es-

sayai de jouer, à l'aveuglette,
la fête d'Alexandre : mais je sentais du plomb au bout de mes
doigts ; je fus obligé de m'arrêter
après dix mesures. Enfin, je
m'endormis dans un fauteuil.
Et maintenant que le sommeil
a dissipé ces sottes idées qui
m'effrayaient, j'ai résolu d'aller
voir Laurette ; de l'aller voir
aujourd'hui ; et, à présent, je me
sens plus tranquille.

Si je pensais... Non, je ne veux
point penser. Pourquoi penser,
quand la nécessité nous subjugue?
En vérité, quand je réfléchis sur
l'importance que je mets à cette
visite, je ne puis m'empêcher
de sourire à l'idée d'un soldat

aussi timide. Aimer, ou ne pas
aimer, qu'importe ? Je ne puis
plus souffrir toutes ces vaines
discussions. Il faut prendre un
parti, et laisser le reste à la
nature.

Tel est le cœur humain. Lais-
sez-lui sa liberté, il est douteux
qu'il en abuse. Mais il ne peut
supporter la contrainte; et, s'il
parvient à secouer le joug qu'on
cherche à lui imposer, il n'est
rien qu'on ne puisse redouter
désormais de ses écarts.

Le soir.

J'ai passé chez Laurette. Elle
était sortie. Adieu, St.-Julien.

LETTRE XVIII.

Laurette de Wallenstädt à
Frédérique de Glanzow.

Le 17, au matin,

Êtes-vous déjà éveillée, belle
malade ? qu'on se garde de troubler votre sommeil , si vous
dormez doucement comme la
déesse de l'amour , couchée sur
des nuages couleur de rose, et
doucement environnée de l'at-
mosphère de Berlin , qui presse
aussi tendrement votre bien-
aimé ! puisse-t-il vous apparaître
dans vos songes , et qu'alors

l'amour suppliant adoucisse l'é-
clat de ses joues animées, et
tempère la mâle fierté de ses
regards !

Le ciel nous mit hier à une
rude épreuve, quand la présence
de votre père nous empêcha de
soulager nos cœurs par de mutuelles confidences. Savez-vous
ce qu'il faut faire ? Il faut laisser
de côté l'étiquette. Aujourd'hui,
sur les onze heures, ma voiture
s'arrêtera devant votre porte ;
vous y prendrez place à côté de
moi, et nous irons faire un tour
de promenade.

Que l'amour plane sur ta toilette, ma belle amie ! qu'il pré-

side à tous les plis du mouchoir
qui couvre ton sein, et que sa
main arrange les fleurs éparses
dans tes cheveux!

Fin du premier volume.

LE
COMTE DONAMAR.

TOME II.

De Robuſtes Gaillards le porterent ſans
qu'il s'éveillat plutôt que de coutume.

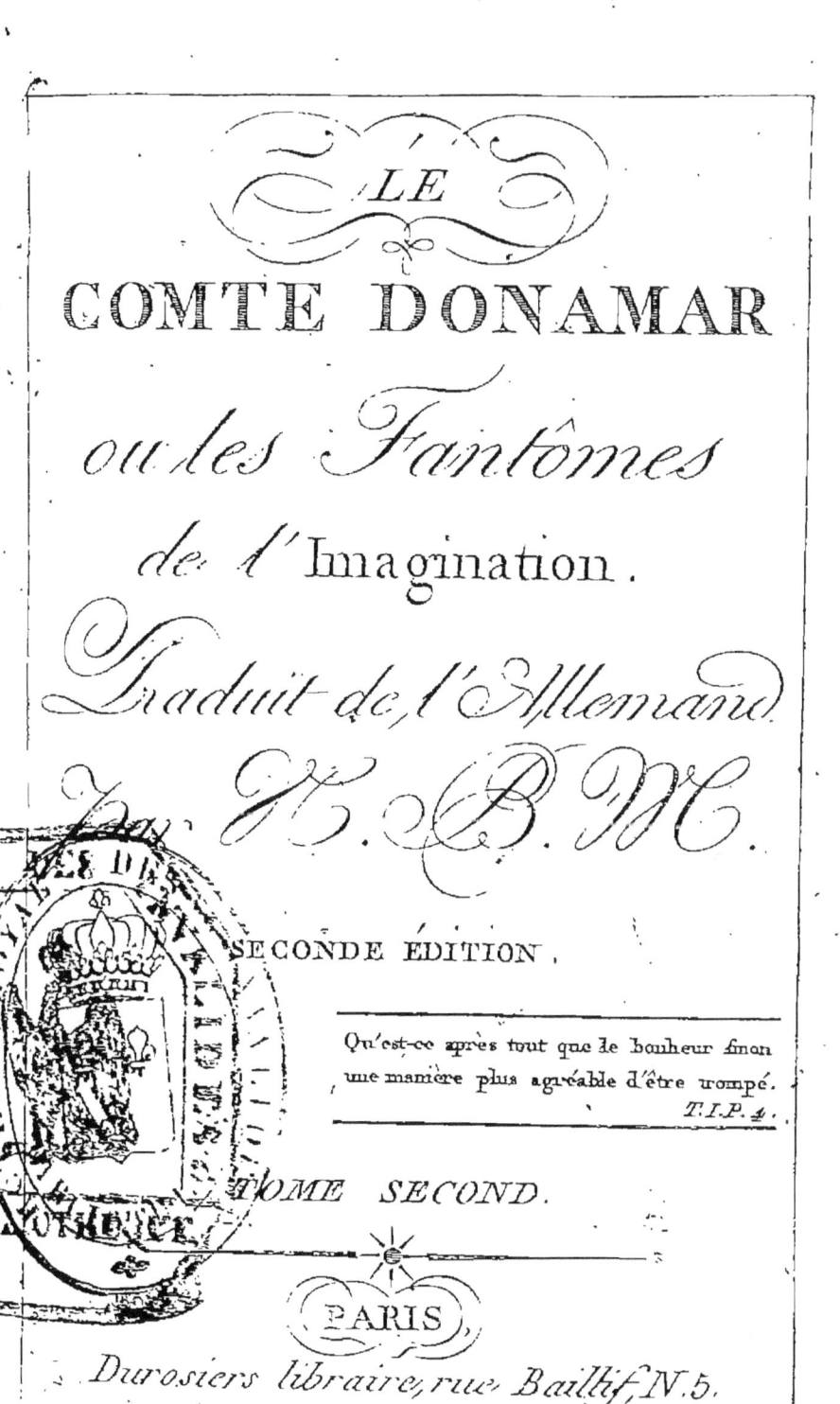

LE
COMTE DONAMAR

ou les Fantômes

de l'Imagination.

Traduit de l'Allemand

par H. B. M.

SECONDE ÉDITION.

Qu'est-ce après tout que le bonheur sinon
une manière plus agréable d'être trompé.

T.I.P.4.

TOME SECOND.

PARIS,

Durosiers libraire, rue Bailtif, N.5.
près la place des Victoires.

LE
COMTE DONAMAR.

LETTRE XIX.

Saint - Julien à Donamar.

Bauzen , le 14 Novembre.

Sɪ j'étais un Dieu ; s'il était en
mon pouvoir de changer les
cœurs et de disposer les esprits ,
mon Donamar serait sauvé, mais
te donnerai-je des conseils, quand
il m'est à-peu-près impossible de
te persuader de les mettre à l'é-
preuve ? Des conseils contre
l'amour !

J'en connais un, pourtant, de la sagesse duquel je suis aussi assuré que je le suis de ton obstination à ne le point suivre. Mets le feu au vaisseau, et sauve-toi à la nage. Wallenstädt cherche à te séduire. C'est le mot. Enveloppe l'artificieuse dans ses propres filets. Livre-lui tous tes sens. Mais garde ton cœur, et vole ensuite dans mes bras.

Mon cher Donamar! sais-tu bien qu'un amant devient la moitié de ce qu'il aime? Et c'est là, sans doute, la plus douce jouissance des belles âmes! Mais Wallenstädt peut-elle jamais faire partie de la tienne? Peux-tu retrouver en elle un seul trait de

la femme vraiment belle, telle
que je t'ai souvent entendu la
décrire. Rappelle-toi seulement
quelques-unes des idées que nous
nous communiquions, et sur lesquelles nous étions toujours d'accord ! mais, s'il faut qu'elles
soient si éloignées de ton esprit
que tu ne puisses les y retrouver,
emploie une heure de loisir à
parcourir les feuilles ci-jointes,
toutes incorrectes qu'elles sont :
ce sont nos pensées communes
que j'ai réunies, il y a quelques jours, pour adoucir l'ennui
d'une soirée solitaire.

———————————

FRAGMENT

Sur l'esprit des femmes et sur leur existence.

Les femmes saisissent tout avec rapidité, et c'est ainsi qu'elles-mêmes doivent être examinées. Voilà ce qu'ont oublié les philosophes qui, lorsqu'ils ont écrit sur leur compte, les ont traitées avec autant de méthode que s'ils avaient voulu les rapporter à un système de botanique.

L'âme, ont dit d'autres philosophes, n'a point de sexe. Ainsi les seules différences caractéristiques des femmes, sont

célles qui résultent de l'éducation, des préjugés et de la situation. Mais, lorsqu'on réfléchira
que d'autres philosophes ont
soutenu que tous les esprits
étaient originellement aussi semblables que le peuvent être deux
gouttes d'eau à l'apparence extérieure, on s'épargnera la peine
de démontrer à de semblables
raisonneurs, que l'extérieur doit
avoir autant d'influence sur l'intérieur que l'intérieur peut en
exercer sur lui, et que l'âme et
le corps forment un tout.

Les femmes nous offrent,
d'après leur nature, trois qualités fondamentales qui leur
sont presque généralement com-

munes, et dont l'absence les
défigure beaucoup plus qu'une
foule d'autres imperfections. Ces
qualités sont la mollesse, la
finesse et la délicatesse.

On appelle mou tout ce qui
n'offre à une pression quelconque qu'une résistance faible,
et souvent agréable : les muscles
féminins sont de cette nature.

Le cœur des femmes est mou;
il conçoit et retient aisément
par une propriété résultante de
cette qualité; il se laisse ébran-
ler par les plus douces impressions de peine et de plaisir.
Quand l'homme est ému, la
femme pleure; elle trouve bien

des fleurs sur la route que l'hommè parcourt avec indifférence. La tempête des passions l'agite plus aisément, et souvent plus profondément que lui. Voilà pourquoi les passions violentes qui défigurent constamment les femmes, ne produisent pas toujours cet effet sur les hommes ; voilà pourquoi l'air boudeur siéd à quelques femmes ; mais la colère les enlaidit toutes.

Le cœur des femmes est susceptible de sentimens durables, pourvu qu'ils soient modérés. L'enthousiasme qui communique à tout sa flamme, et dont le feu sacré brûle pendant des années et s'étend sur tout le

cours de la vie, ne trouve d'a-
sile que dans une poitrine ro-
buste, et n'habite point un sein
délicat ; mais la profondeur des
sensations peut souvent, chez les
femmes, en modifier l'inconstance. Compte donc, ô jeune
homme ! sur tout l'amour de ta
bien-aimée, tant qu'elle t'ai-
mera. Compte que ta passion
n'est rien en comparaison de la
sienne, tant qu'elle pourra durer ; mais n'exige point d'elle
des feux constans qu'elle ne saurait te donner. Tu la trouveras
toujours fidelle, si tu entends
par ce mot ne pas être infidelle,
et tenir parole à l'ancienne
mode. Mais la fille qui t'aime
constamment ne t'a jamais aimé

avec passion ; et pour devoir le
bonheur à sa tranquille fidélité,
il faut que ton cœur soit lui-
même paisible , et n'exige pas
éternellement du sien ce qui
ne peut s'y trouver qu'un moment.

La délicatesse, qui diffère totalement de la molesse , est le
discernement subtil de sensations dont , sans elle , on ne
pourrait distinguer que les masses. Où l'œil de l'homme ne
peut trouver que sept teintes,
celui de la femme va découvrir
mille teintes différentes. Voilà
ce qui donne à leur figure cette
mobilité d'expression , lorsqu'elles considèrent quelque

chose; voilà pourquoi elles entendent si parfaitement l'art des
riens. Elles souffrent souvent
quand le jeu délicat de leurs
sensations reste imperceptible
pour nous : mais séduites et gâ-
tées par cette délicatesse qui
leur rend insupportables toutes
les teintes fortes et tous les con-
tours saillans, elles ne peuvent
plus sentir de grandes masses,
ni saisir un ensemble.

Comme leur corps, plus brillant dans ses parties, est moins
beau au total que celui de
l'homme, elles préfèrent l'harmonie partielle à l'ordre général :
tout leur génie se borne à la perfection des détails. Mettez sur
le

le trône la moins minutieuse de
toutes les femmes, elle arran-
gera le monde comme elle ar-
rangerait sa toilette. La femme
doit s'unir à l'homme, et anno-
blir, par sa délicatesse, la ru-
desse mâle de nos manières ;
ses sensations cachées, ses réserves imperceptibles, toutes ces
affections qu'à peine nous pouvons pressentir, nous retiennent
pourtant dans une soumission
attentive, comme la voix incertaine qui nous appelle dans le
lointain. Nous craignons toujours
de profaner, et nous ne savons
quoi. C'est ainsi que tout se
purifie en approchant d'un sexe
aimable ; c'est ainsi que germent
les fleurs de sa vertu. Que

Tome II.   B

deviendrait notre amour, sans
cette étincelle de délicatesse féminine, qui, pénétrant nos cœurs
émus, en purifie toutes les pensées, et calme l'impétuosité de
nos désirs?

La pudeur et la modestie,
noms que nous avons donné à
la timidité, à la réserve des
femmes, ont été et seront toujours la base la plus sûre de leurs
attraits.

Ce que la délicatesse produit
sur leur cœur, la finesse le fait
sur leur esprit. Il existe un
terme moyen entre la pensée
et la sensation, qu'on peut
nommer imagination raisonnée

où judiciaire-imaginative. C'est
cette faculté qui constitue l'esprit particulier du sexe. La
pensée , chez l'homme , est
produite par l'imagination, et
s'appuie sur l'entendement. Elle
a , chez la femme , de plus
étroites limites , et quoiqu'elle
puisse, du premier vol, atteindre
une hauteur considérable, elle
ne s'élève que médiocrement,
par une suite de conséquences
qu'elle ne saurait multiplier.
L'abstrait se confond dans l'esprit féminin avec l'extraordinaire et l'infini. L'entendement
d'une femme ne peut jamais
acquérir le degré de perfection
dont celui d'un homme est susceptible ; mais dans les affaires

habituelles, où le cours ordinaire des évènemens demande plus de finesse d'observation que d'étendue de raisonnement, on trouvera qu'en général, les femmes sont plus *entendues* que les hommes. Comme elles sentent avec plus de délicatesse, elles jugent avec plus de finesse ; comme elles tirent peu de conséquences, elles les tirent avec plus de rapidité. Enfin comme elles raisonnent par sentiment, elles persuadent avec plus de facilité et de promptitude. Rien de plus aimable que de voir leur esprit actif s'occuper un quart-d'heure à démêler des idées embrouillées. Rien de plus risible que de voir un homme qui cherche à convaincre une femme par des raisonnemens. Elle glisse comme l'eau à travers les plus profondes conséquences ; et quand vous croyez l'avoir réduite dans les derniers retranchemens , elle se dérobe à votre poursuite par quelque brillant sophisme. Faire des plans et conduire leur exécution , voilà les délices de l'esprit féminin. Mais le cercle que ces plans peuvent embrasser, a des limites faciles à calculer. Sitôt qu'il n'y a plus rien à sentir ou à dominer , les femmes ne peuvent plus penser. La magnanimité est étrangère à leurs sensations , et la jurisdiction de leur empire est bornée par les limites étroites du sentiment.

B 3

Le cœur humain, sur-tout le
cœur des hommes, a été depuis
la création, le champ de bataille
de l'esprit des femmes. C'est-là
qu'elles savent épier, comparer,
conseiller, pousser, modérer,
détourner avec une force, une
agilité, une patience où jamais
aucun Socrate n'est parvenu.
Toutes les fois que la conversation
roule sur les caractères, si l'on
en excepte quelques - uns de
leurs grands traits, le jugement
d'une femme médiocrement in-
telligente aura toujours plus de
vraisemblance que celui des philosophes de tous les siècles. Cette
règle ne souffre qu'une exception. Les femmes jugent mal
l'homme qu'elles aiment. Ici,

le sentiment de la passion ne permet point que celui du jugement soit entendu. Souvent les sages de la terre se sont demandé si l'astuce féminine était une propriété naturelle et ineffaçable. Vivent les philosophes pour proposer des questions de théorie ! Trop heureux ensuite quand les femmes ne se mêlent point d'y répondre ; car elles les résolvent toujours d'une manière pratique. La nature qui leur a fourni tant de replis cachés, tant de faux-fuyans pour nous échapper, leur a sans doute donné tout ce qu'il fallait pour être rusées. Seulement, il faut qu'elles se gardent bien de vouloir l'être de dessein prémédité. Il ne faut pas qu'elles s'imaginent que l'on peut raisonner l'astuce. Car, alors, un homme, tant soit peu adroit, déjouera, sans peine, tous leurs complots, s'il a recours au voile de la plus ouverte cordialité.

Aimables créatures ! votre imagination, vos facultés ne vous ont point destinées aux grandes choses. Ce n'est point à l'admiration que vos prétentions doivent se porter. Vous avez droit à un hommage différent et qui n'est pas moins flatteur, et cet hommage, c'est le sentiment unanime qui vous déclare dignes de notre amour. Ce mérite qui vous élève au-dessus d'une frivole amabilité, est le complément de

toutes les vertus de votre sexe.
Une femme doit paraître digne
d'amour à l'homme même qu'elle
n'aime point ; et pour obtenir
cet hommage de celui qui sait
penser en homme, il faut que
la conscience de son innocence
et de sa modestie imprime un
caractère d'élévation à toutes ses
idées, comme de délicatesse à
tous ses sentimens.

Elle était digne d'amour, plus
encore que gracieuse, plus encore
qu'aimable, elle était digne
d'amour celle ! . . . .

Ah, Donamar ! si tu pouvais
avoir le bonheur . . . . Mais le
ciel ne récompense point ses

élus ! Si tu pouvais trouver une
fille comme celle que j'ai perdue !
mes yeux verseraient les pleurs
de la sympathie quand le destin t'accorderait le comble de la
félicité humaine, la volupté de
mourir pour elle.

LETTRE XX.

Laurette de Wallenstädt à
Frédérique de Glanzow.

Le 19 Novembre.

AINSI, pauvre insensée ! vous
ne voulez rien entendre. Vous
voulez rester dans l'enfance jusqu'à la fin de vos jours, et faire
pénitence au lit de mort, des

péchés que vous n'aurez point commis. Vous me faites pitié.

Il est douloureux d'abandonner ses projets. Plus douloureux encore d'y renoncer, quand leur accomplissement avait pour but le bonheur d'un être doué des plus nobles facultés. Avant de retirer cette main, que vous-même vous vous obstinez à repousser, je veux faire un dernier effort pour vous rendre, s'il se peut, à la raison. Je vais vous parler avec toute la sincérité qui m'est naturelle ; car il n'est point de femme moraliste qui mette autant de prix que moi à cette vertu. Je vais me développer à vos yeux, parce que je vous crois

B 6

capable de dégager l'amande du
bonheur, c'est-à-dire, de la vertu,
de l'écorce trompeuse dont la
foule des prudes à voulu se parer
par des raisons trop faciles à découvrir. Je vous écris cette lettre
dans toute la sincérité de mon
cœur. Mais, sur mon honneur,
c'est la dernière.

D'abord, afin de nous entendre,
jettons un coup-d'œil rapide sur
votre conduite à mon égard, et
sur la mienne envers vous, jusqu'à ce moment.

J'ai commencé à vous con-
naître dans un tems où votre
esprit, désorganisé par la faiblesse, appauvri par la mala-

die, ne vous rendait rien moins qu'attrayante. On me parla de la grâce, de la vivacité, qui prêtaient autrefois tant de charmes à vos entretiens; on me dit la cause de votre maladie; et je fis en moi-même le serment de m'intéresser à vous, et de vous venger. Pourquoi l'ai-je fait, et pour qui ? Avais-je quelque motif pour me venger des hommes ? Puissiez-vous compter autant de jours de bonheur qu'ils m'ont fait compter de triomphes ! C'est une amitié désintéressée, jointe à la compassion, qui me fit résoudre de vous rendre aussi heureuse que le méritait votre esprit et votre beauté ! C'est l'amitié, la compassion qui m'arrachèrent des offres qui vous devaient être avantageuses. Elles seules m'ont fait n'épargner aucune démarche pour obtenir des informations sur le compte de votre Donamar. Tout cela n'est-il rien aux yeux de Frédérique de Glanzow ? Eh bien , j'y consens. Quelle récompense de ma tendresse ! N'importe.

Enfin, je vis Donamar ! Dona-mar, que je ne connaissais encore que par des récits , et pour qui, j'en atteste la nature , je n'a-vais encore éprouvé aucun senti-ment intéressé. Je le vis comme il était ; et combien je le vis au-dessus de vos peintures affaiblies! l'âme d'un ange sous l'enveloppe

d'un héros ; une tête aussi réflé-
chie avec un cœur aussi brûlant;
des sensations si fortes et en
même-tems si délicates; l'homme
le plus séduisant que j'eusse jamais vu ; le seul pour qui mon
cœur eût jamais sérieusement
palpité. Qu'elle se montre la
femme qui prétend à plus d'empire sur elle que je n'en ai sur
moi-même. Et, je l'avoue sincè-
rement. cet empire ne me sembla
jamais aussi pénible à conserver
que le soir qui m'offrit Donamar
pour la première fois.

Quel bonheur je pressentis !
être aimée de Donamar! Combien
j'étais sure de le ranger sous mon
pouvoir, ausssi-tôt que je vou-

drais le tenter. Son dernier coup-
d'œil me donnait carte blanche
sur ce point. Eh bien, j'abandonnai tous ces pressentimens ;
j'oubliai mes plans et mes vœux ;
je m'abstins de lui lancer un seul
regard ; je songeai à mes sermens , et je me résignai. C'est
pour vous seule que je voulus
conquérir ce cœur, auquel j'at-
tachais tant de prix ; contente
de travailler pour votre gloire ,
comme un soldat pour celle de
son général.

Je le vis une seconde fois, ce
mortel séduisant. Je découvris
dans ses yeux l'étincelle du feu
qui m'animait. Je m'assurai qu'il
ne fallait que l'haleine du zéphyr

pour tirer la flamme de cette étincelle. Je le vis, et je fus au comble de mes vœux, quand vous m'annonçâtes votre arrivée. Aucunes larmes n'avaient mouillé mes yeux depuis dix ans. Je pleurai en vous abandonnant le seul mortel que j'eusse jugé digne de moi. Je pleurai.... mais je vous l'abandonnai.

Croyez-vous, héroïne d'hier, que ce soit un sacrifice si commun, pour une femme aussi belle que vous, et sans doute plus accomplie, que celui de renoncer à l'homme de mérite qui l'a su charmer ? Croyez-vous qu'une femme accoutumée à triompher ait pu, sans mériter la

palme du martyr , se refuser
l'honneur de réduire l'homme
orgueilleux qui l'avait bravée?...
Songez , s'il se peut que vous
ayez conservé quelque souvenir,
songez combien il m'a offensée ;
et songez en même-tems qu'aucune créature vivante n'a encore
impunément offensé Laurette de
Wallenstädt. Ton cœur se serre,
pauvre fille ! tranquillise-toi ; je
te pardonne comme à un enfant :
tu ne peux point apprécier ce que
j'ai fait.

Je ne suis point fâchée contre
vous , Frédérica , si vous con-
sentez à devenir raisonnable.
Mais il faut que je vous montre
comment vous vous êtes con-

duite à mon égard, afin que vous
pussiez juger par comparaison.

A compter des principes de
votre liaison, comment avez-
vous répondu à ma bonne volonté? par une méfiance déguisée.
Comment avez vous répondu aux
conseils les plus raisonnables ?
par des rêveries auxquelles vous-
même n'avez point cru. Quelle
était votre idée, quand je vous
engageai à vous rendre à Berlin ?
vous vouliez parcourir le monde
comme une princesse désespérée.
Enfin, qu'avez-vous fait, quand
je vous ai offert chez moi un
appartement agréable que j'avais
préparé pour vous ? vous avez
été vous fourrer chez une vieille

bigotte comme R***, qui n'a de
rapport qu'avec Thomas-à-Kem-
pis et ses semblables. Je n'ai
voulu vous en faire aucun reproche. Les gens qui se portent
bien doivent épargner les malades. Mais puis-je concevoir,
ô Frédérique ! que vous m'ayez
reçue avec tant de froideur, lorsque mon cœur, transporté, volait
au-devant du vôtre ? que vous
soyez restée muette comme une
statue quand j'ai voulu me
concerter avec vous pendant
notre promenade ? Est - il possible, enfin, lorsqu'hier j'arran-
geai une partie où vous deviez
voir Donamar ; est-il possible,
dis-je, que vous vous soyez com-
portée avec plus d'enfantillage

qu'une paysanne le jour de ses
nôces ?

Pouvez-vous excuser une pareille conduite, et conserver le
moindre sentiment de justice ?

Est-ce par faiblesse, est-ce à
dessein, qu'agissant d'une manière toute opposée à celle dont
nous étions convenues, vous
vous montrez soumise et con-
fiante à Donamar, fière et re-
servée avec moi ? Dans la première supposition, il faut vous
plaindre et vous regarder comme
incurable ; mais, s'il faut admettre la seconde, vous êtes indigne des secours et de l'amitié
qu'une personne franche et généreuse accorde à ceux qui sem-

blent y attacher quelque prix.
Vous ne pouvez vous justifier
qu'en alléguant pour excuses les
dernières traces d'un sommeil de
douleur qui s'appesantit encore
sur votre raison, et qui vous
livre à des chagrins secrets que
vous-même n'êtes point capable
d'expliquer. En ce cas, pourvu
que vous me fassiez une confes-
sion libre et sincère, je vous
promets de faire un dernier effort
pour votre félicité.

Mais, peut-être, vous imagi-
nez-vous que je n'ai aucun droit
à votre confiance, dans des circonstances qui demandent une
connaissance assez étendue du
monde et du cœur humain? c'est

pourtant ce que j'ai peine à me persuader. Vous ne connaissez le monde que par ouï-dire. Il a été pour moi l'objet d'une étude approfondie. A peine avez-vous quitté le lieu de votre naissance ; j'ai vécu deux ans à Paris. Vous avez dix-neuf ans ; j'en ai vingt-quatre. Vous êtes fille, enfin, et j'ai trois ans de mariage à vous opposer.

Dès ma plus tendre enfance, lorsqu'une poupée était encore l'objet de tous mes soins, je me sentais appelée à sortir de la classe vulgaire. J'habillais cette poupée; je la faisais mouvoir d'une façon nouvelle pour mes autres compagnes ; elles

saisissaient mes manières, et
donnaient par-là des ailes à mon
imagination, qui ne me permettait pas de ressembler même
à celles qui m'avaient imitée.
J'abandonnai de bonne heure
ma poupée pour me livrer à
des amusemens plus sérieux.
J'avais déjà mon adorateur
avant l'âge où les autres filles
soupçonnent qu'on puisse être
adorée. Il ne fallut pas beaucoup de preuves pour me convaincre que la nature bienfaisante m'avait accordé les attraits;
mais qu'auraient-ils été sans le
talent de les faire valoir, d'après
un plan combiné et suivi? je
possédais aussi ce talent. Livrée
aux plus nobles pensées, j'osai
percer

percer dans l'avenir; je mesurai
mes forces pour les comparer
avec celles du monde ; je pesai
les jouissances variées de la vie;
et je trouvai que le but de toute
sagesse , c'est le plaisir et la domination. Les acquérir fut l'objet
de mon plan. Les réunir en une
seule sensation devint mon vœu
le plus doux. Un empire illimité
sur le cœur des hommes me
donnait tout ce que je pouvais
souhaiter , et me rendit insensible à tout autre empire , aux
honneurs , aux titres et aux jouissances que procure l'influence
politique. Pour fixer le plaisir
et assurer la domination dont
j'étais jalouse , je trouvai plus
de difficulté qu'un général n'en

éprouve à maintenir son armée
en pays ennemi. Le rôle d'une
Pompadour était trop usé, trop
vulgaire, pour Laurette de Wallenstädt. Diligente comme l'a-
beille qui rassemble sa récolte
dans l'attente de l'hiver, chaque
jour ajoute quelque chose à mon
expérience ; et j'ai suivi le cours
de mon système, à compter du
jour de mon mariage. Mon bienheureux défunt me servit d'une
ombre favorable ; et , s'il eût
vécu , son existence n'eût rien
changé à mes projets. Je ne
l'épousai point dans l'espoir de
connaître des jouissances auxquelles le mariage enlève tout
leur prix. Un chasseur, au fait
du pays, s'amuse-t-il à suivre la

grande route? Mais j'avais besoin du nom de femme ou de
l'appareil du veuvage, résolue
de profiter de leur ombre favorable pour suivre le cours de
mes penchans.

Quel dommage, s'il fallait
que ma sagesse fût enterrée
avec moi! Mais je n'ai encore
trouvé aucune fille qui eût
assez de génie pour me comprendre. C'est vous, ma chère
Frédérique, au moins je me
l'imaginais ainsi, c'est vous
qui deviez être mon écolière.
Je voulais vous introduire jusqu'au fond de mon sanctuaire,
vous apprendre mes secrets;
enfin, je voulais ouvrir votre

C 2

esprit à la science, et vos yeux à la lumière.

Le labyrinthe du bonheur offre des détours innombrables. Rien de plus difficile que de trouver la route qui conduit à son centre, au point où se réunissent les plus vives jouissances. Mais vous, ma chère enfant, vous n'avez plus le tems de délibérer sur le choix. Pour une jeune fille, le meilleur chemin, c'est le plus court. Voulez-vous entrer dans le palais de la sagesse, laissez-vous conduire par la folie.... par la folie la plus aimable au moins. Mais, direz-vous, l'innocence virginale ? — Enfantillage.. Au tems de l'innocence,

on n'avait besoin ni de la sagesse,
ni de son étude. Pourquoi conserver dans son cœur un attribut
chimérique et banni du reste de
la terre ? Autant vaudrait aller
sans vêtemens après la chûte
originelle. Peut-être aussi crai-
gnez-vous un moment terrible...
oh, bien terrible, si vous en
croyez les peintures de votre
maman. Si elle vivait encore,
cette bonne maman, vous pour-
riez lui répondre et lui dire :
chère maman ! l'heure de la
chûte vient comme l'heure de
la mort. Courir au-devant, c'est
folie, la recevoir avec sagesse,
c'est vertu.

Venez me voir dans la matinée.

C 3

LETTRE XXI.

Laurette de Wallenstädt à Frédérique de Glanzow.

Le 19, après midi.

QUE Dieu vous soit en aide, et puissent tous les anges du ciel veiller à votre conservation!

Honorable, rigide et vertueuse demoiselle! joint à la présente vous trouverez un gand blanc; qu'il soit censé jetté par moi dans votre giron! qu'il vous annonce que moi, Laurette de Wallenstädt, je me déclare en tout tems, à compter de ce jour, en état de guerre franche et ouverte contre vous, pucelle de Glanzow! Ne soyez donc pas étonnée que, pendant ma visite d'aujourd'hui, où j'ai appris à vous connaître, j'aie, par une ruse militaire, retiré de vos mains certaine longue épître, qui, dépositaire de nos secrets, ne pouvait plus rester entre les mains de l'ennemi.

Puisse s'étendre sur vous la bénédiction d'une éternelle virginité ! *Amen.*

Réponse.

J'ai des graces à vous rendre, Madame, d'avoir bien voulu vous dévoiler à tems, et de me

fournir une occasion si prompte
de vous témoigner le mépris
avec lequel je suis pour la
vie, etc.

LETTRE XXII.

Le Comte Donamar à St.-Julien.

Berlin, le 24 Novembre.

APRÈS m'être réjoui, en re-
cevant ta lettre, de sentir encore
auprès de moi une émanation
de l'être que j'aime le plus, j'ai
médité sur tes réflexions. Au
sujet des femmes, j'ai considéré
tes avis aussi prudens que généreux; j'ai douté, j'ai examiné;
j'ai trouvé de la vérité dans

quelques-uns de tes raisonnemens, du poids dans les autres;
et, somme totale, je me suis
démontré, en ton nom, que la
cure désespérée que tu me pro-
poses, même d'après ta théorie,
ne peut convenir à ma situation.

C'est ma faute, et non pas la
tienne, si Laurette t'est aussi
peu connue. Pourquoi ai-je
confondu les règles avec leurs
exceptions ? Ne sommes-nous
pas souvent convenus ensemble
que la fureur de généraliser, ce
funeste apanage de la raison
humaine, cause plus d'erreur et
d'absurdité dans nos jugemens,
que la sottise et la crédulité ?
Mais il semble bien plus com-

mode d'englober toute une classe
dans une seule proposition, que
d'arrêter ses regards sur chaque
individu, pour découvrir ses
facultés, et les mettre au jour;
à l'aide des propriétés qui lui
sont particulières et inhérentes.
Ainsi le tolérant, l'éclairé Saint-
Julien conviendra avec moi que
sa théorie philosophique n'em-
brasse point toutes les femmes,
puisque le propre d'une exacte
philosophie est de poser des
règles générales, sans fermer, en
aucune manière, l'accès aux exceptions. S'il en est une à faire
parmi les femmes, personne n'y
a plus de droit que Laurette de
Wallenstädt ; il ne faut que
des yeux pour s'en convaincre.

Ses discours et ses actions, son coup-d'œil, ses observations, son intelligence, ses réparties, sa démarche, sa contenance; tout en elle lui est propre et n'appartient qu'à elle. Jugerai-je de ses sentimens et de ses principes par les règles ordinaires? Quel homme raisonnable approuverait un semblable jugement? S'il était possible qu'elle fût soumise à ces règles, comment se ferait-il que tout ce qui messiéd aux autres femmes ajoutât encore à ses attraits? Comment serait-il possible, enfin, que je lui fusse attaché?

Que je l'avoue ici franchement; depuis que j'ai commencé

à raisonner avec un peu de justesse sur la nature humaine, j'ai conçu une espèce d'aversion pour tout ce qui s'appelle philosophie - pratique - générale. Le destin nous embarque dans un esquif fragile, et nous lance sur les flots orageux de la vie; il nous a donné voile, gouvernail et compas : que celui-là s'en serve qui veut obtenir un passage favorable. Mais celui qui perd son tems à disserter sur la voile, sur le gouvernail et sur le compas, est obligé, s'il veut échapper aux écueils, de s'en rapporter, pour son passage, à la discrétion d'un autre nocher. Quant à moi, je laisse raisonner principes ceux que les

raisonnemens

raisonnemens, peuvent amuser.
Le mien c'est d'ouvrir les yeux,
et de suivre la nature, qui nous
guide bien mieux encore que
la sagesse.

Aimé - je Laurette, ou ne
l'aimé-je point ? C'est peut-être
plus que je ne pourrais dire. Je
la trouve étonnante, belle, raisonnable, attrayante, franche,
spirituelle, et douée des sentimens les plus généreux. Je me
sens heureux auprès d'elle, et
mon desir le plus doux serait
d'y passer ma vie. Voilà ce
dont aucun principe ne peut
me faire douter ; tout le reste
ne m'intéresse que très - faiblement.

Tome II.   D

Il faut seulement que je te
dise que j'ai déjà été deux fois
chez elle : nous avons discuté
au long le chapitre des règles et
des exceptions, et je l'ai trouvée
une femme réellement surpre-
nante. En quoi, diras-tu? Re-
tiens ceci, cher Saint-Julien!
la véritable grandeur se sent
sans pouvoir se décrire. Comme
son génie, dégagé d'entraves,
s'élève au-dessus des choses vulgaires! Quoi! lorsque j'entends
cette femme raisonner sur le
bonheur, avec plus de philosophie et d'éloquence que les sept
sages de la Grèce, je me met-
trais à la torture pour n'être
point heureux auprès d'elle! Il
n'a jamais été question d'amour

entre nous, et je crois qu'elle n'a pas une idée véritable de l'amitié.

C'est la singularité de notre commerce qui en fait en grande partie le charme, et qui le rend tout-à-fait impossible à décrire. Tour-à-tour ardente et légère, gaie ou sérieuse, naïve ou dissimulée, elle entremêle si bien tous ces contrastes, qu'elle trouble quelquefois absolument toutes mes idées et me réduit au point de la regarder en silence.

Depuis huit jours une comète errante à paru sur notre hémisphère. Devine qui? Frédérique de Glanzow. Je me serais aussi-

D 2.

tôt attendu à trouver ici des au-
truches et des éléphans. Avec
tout cela cette affaire n'est rien
moins que risible à mes yeux. La
pauvre fille doit avoir beaucoup
souffert. Coupable ou innocent,
j'en suis la cause. Elle est totalement changée. Sérieuse comme
un pélerin et tranquille comme
la nuit. Ces grands yeux, qui
semblaient vouloir tout envahir,
s'élèvent à peine lentement pour
retomber bien vîte vers la terre.
Ces joues, si pleines, se sont rap-
prochées, et la rose qui les
parait a perdu tout son éclat.
Ses discours sont si simples, son
ton si doux ! Elle m'a ému, et je
voudrais qu'il fût en mon pouvoir de mettre un terme à ses

peines. J'ai d'abord cru que Laurette était cachée derrière la
coulisse : mais point du tout ;
elle en agit avec Laurette, comme
si elles ne s'étaient jamais con-
nues ; et j'apprends à présent que
Laurette et elle ne m'ont jamais
mentionné l'une à l'autre que
dans leurs lettres. Le vieux
Glanzow a ici une ancienne connaissance, la veuve du général
de R***, chez qui il est logé avec
sa fille : il me tourne toujours le
dos ; et c'est tout ce que je puis
lui demander.

Le 1er. Décembre.

Mon cher Saint-Julien ! obtenir l'entrée de la maison de
Laurette, paraît ici la plus hono-

D 3

rable de toutes les faveurs. De quelque côté que je me tourne, je trouve qu'elle m'a fait des envieux.

Quelle incompréhensible, quelle indéfinissable créature! Toutes les fois que j'entre chez elle, je crois avoir lieu de penser que je lui suis plus cher que tous ses autres adorateurs. Quand je sors, je suis à-peu-près moitié moins avancé qu'en entrant. Nous chantons des duos pleins de flamme et d'expression. Au moment où sa figure est le plus animée, quand tout respire en elle l'amour et la volupté, lorsque mon cœur se brise contre ma poitrine embrâsée; elle s'interrompt tout-à-coup pour commencer une contre-danse ou la plus frivole chansonnette.

Hier, un trait pareil me mit hors de moi-même. Nous avions chanté ensemble un morceau délicieux de je ne sais quel maître italien, qu'elle termina par la ritournelle ordinaire. Oui, je le vois, lui dis-je avec humeur, vous êtes incapable d'aimer.

Elle me regarda... Ses yeux lançaient la foudre!... avant que je pusse me remettre, elle prend l'air le plus naïf, et faisant une mine comme un enfant capricieux, « non, dit-elle, je ne veux pas... »

D 4

Et puis, parcourant tous les
tons, sautant d'une extrémité à
l'autre du clavier, elle retombe
sur la chansonnette suivante :

En vain il carresse ;
Il menace en vain
L'enfant si malin.
Qu'elle flatte ou blesse,
Sa flèche traîtresse
Se prépare en vain.

Fort de ma faiblesse,
Il sourit en vain,
L'enfant si malin.
De fuir son ivresse
J'ai fait la promesse
En frappant mon sein.

Tout cela chasse bien loin les
déclarations d'amour.

Le 4 Décembre.

Laurette a l'âme généreuse ; qui peut encore en douter, m'écoute.

Je lui racontais ma scène avec Glanzow. Elle se mit à réfléchir, et me soutint bientôt, fort sérieusement, que je devais me réconcilier avec ce vieillard. Enfin, elle m'a persuadé d'aller le voir, pour l'assurer, sur mon honneur, qu'entre sa fille et moi il ne s'est rien passé, pour me servir de l'expression du bonhomme. Cette assurance l'a tout-à-fait tranquillisé. Laurette, peu satisfaite de ce sacrifice, en exige un autre qui me coûtera

D 5

beaucoup davantage. Elle veut
que je me réconcilie avec Frédérique; et cependant, quelques
minutes auparavant, elle m'avait
dit, dans le cours de la conversation, que cette fille a payé d'ingratitude les marques de la plus
sincère amitié. Saint - Julien!
si je pouvais t'apprendre à res-
pecter cette Laurette...

Le 6.

J'ai bien bataillé, avant de
me déterminer à satisfaire Laurette sur sa dernière demande.
Enfin, il a bien fallu se rendre à
ses pathétiques exhortations. J'ai
rassemblé toute ma résolution,
et je me suis présenté chez Frédérique.

Je me sens encore ébranlé de
ce tête-à-tète. Sans reproche,
sans amertume, la pauvre fille
s'est humiliée devant moi plus
qu'il n'était en mon pouvoir de
le supporter. Elle m'a parlé
avec tranquillité, avec douceur,
des tems passés, et pas un mot
sur tout ce qu'elle a souffert.

Ému par un ton si nouveau,
je cherchais à calmer sa peine.
Le ciel, ma chère Frédérique,
le ciel le plus pur l'est moins
qu'une âme si belle. Qui mérite d'être plus heureuse que
vous?....

« Mériter ! » m'interrompit-elle,
en pleurant ; « et sa main, que je

D 6

pressais avec douceur, se retira tremblante de la mienne. « Mé-riter ! heureuse ! Mais j'espère quelque jour mériter, au moins, votre estime. »

Elle prononça ces derniers mots avec une noble fierté, qui n'était point pourtant exempte d'une contrainte douloureuse, et s'échappa rapidement, sans me regarder, sans ajouter une pa-role, par une porte de côté, d'où son père sortit bientôt pour venir me recevoir.

Laurette m'a conseillé d'y pas-ser de tems en tems, et de la traiter toujours avec la plus grande douceur ; mais d'éviter un second tête-à-tête.

Le 14 Décembre.

Quoi, un mois de passé ! et maintenant.... suis-je encore ce que j'étais ? Est-ce toujours le même monde qu'auparavant ?

Je passe des heures entières à penser, à réfléchir ; et j'ai beau imaginer et réfléchir, tout cela ne peut servir à rien. Lorsqu'on s'est égaré dans un labyrinthe, quelle est la sensation la plus agréable qu'on puisse éprouver, après avoir couru jusqu'à perdre haleine ? Voilà de quoi je m'occupais hier, sans cependant qu'on m'en eût donné aucun sujet. Il y a quelque chose qui me brûle, et qui bouillonne dans

mon sein. J'ai pensé souvent que
l'activité m'était salutaire. Mais
toutes ces occupations froides et
mortes me conduisent rapidement au dégoût. Et, pourtant,
quand je songe que cette affaire,
qui m'a si long-tems retenu ici,
sera terminée dans quelques semaines, et qu'il faudra retourner
à l'armée, un frisson me prend
comme si je sentais la terre se
dérober sous moi.

Ah ! si Laurette était la femme
qui te convient, tu serais sauvé
pour la vie !... Alors je cours,
mais bien secrettement, respirer
un air plus doux : où ? devant sa
maison. Je suis si bien auprès
d'elle ! Auprès d'elle, un bon-

heur si pur enivre mon cœur et mes sens !

Il faut que tout cela change, et bientôt. Il y a des momens, des momens terribles, où je pourrais serrer tout l'univers dans mes bras ; où je pourrais y presser tout ce qu'il y a d'aimable pour moi. Pourquoi n'es-tu pas ici ?

LETTRE XXIII.

Le Comte Donamar à St.-Julien.

Berlin, le 18 Décembre.

JE l'aime ! oui, par tous les Dieux ! je l'aime ! Où tout cela doit-il aboutir ? en vérité, je n'en sais rien. Mais il faut que cela

change de façon ou d'autre; il
faut que je trouve un but où je
puisse enfin dire : holà !

Et Laurette..... Elle n'aime
point. Non ! pas plus moi qu'un
autre. Elle a eu la franchise et
la générosité de me l'avouer elle-
même. Elle m'a dit, ouvertement, qu'elle n'avait point encore trouvé d'homme qu'elle pût
aimer. Je ne suis donc point ce
mortel fortuné.

Ce qui me frappe, c'est que cet
officier housard du régiment de
Ziethen, avec qui je l'ai vu danser
une fois, entre et sort librement
chez elle; qu'il me salue souvent sur l'escalier, et qu'elle

agit pourtant comme si personne n'avait été avec elle. Serait-ce l'homme ? Saint-Julien, il faut que je l'interroge sans façon à ce sujet ; et si elle rougit, en un moment mon cheval est sellé, et je pars.

Le 19.

Voilà comme on devient fou à force de sagesse ! Laurette m'a ri franchement au nez, quand je lui ai fait mes questions, de la manière du monde la plus sérieuse. Le housard, à qui je voulais faire place, n'est autre chose qu'un parent à elle, qui doit rejoindre l'armée, d'ici à quelques semaines.

La paix n'est cependant point

rentrée dans mon cœur ; il se
sent pressé entre mes sentimens
et l'indifférence de Laurette. Je
ne puis avancer ni reculer. J'ai
honte de lui avouer ce qui se
passe en moi , et cependant
tout me porte à lui déclarer mon
amour.

Le 21.

Que le diable emporte toutes
ces chansons italiennes , dont
elle se sert pour écarter mon
aveu et pour prolonger mes
tourmens !

Je me trouvai ce matin auprès d'elle , plutôt que je n'avais
pensé ; à son aspect la sérénité
était rentrée dans mon âme. Je
respirais un air si pur ! Je ne dési-

rais plus rien au-delà des jouissances présentes; satisfait de la
voir, de contempler cette démarche élégante, aussi douce que
celle des esprits aériens; content
d'être témoin de ses tours, de
ses gentillesses et de toutes ces
mines qui ne peuvent aller qu'à
elle. Elle faisait entrer et sortir,
à chaque instant, une soubrette
éveillée qui la sert, l'interro-
geait, lui donnait des commis-
sions, demandait ceci, cela;
enfin, sans s'en douter, faisait
tout ce qu'il fallait pour éloigner
la déclaration. On avait apporté
des fleurs artificielles et des ru-
bans pour l'assemblée d'aujour-
d'hui, et Donamar avait la voix
au conseil.

« Vous êtes tout-à-fait aimable
aujourd'hui , cher Donamar ! »
me dit Laurette, dans un inter-
valle où nous étions seuls. Et son
ton était encore plus doux que
le sentiment que j'éprouvais.

Nous étions l'un auprès de
l'autre. le dos tourné contre la
fenêtre. En s'appuyant, elle tou-
chait mon bras qui était étendu
sur le bord. Ainsi , lorsqu'elle
prononça : « cher Donamar ! » je
passai mon bras gauche autour
d'elle, et portai sa jolie main
jusqu'à mes lèvres. La jolie main
ne fit point de résistance, et je
me crus dans les cieux. Elle ne
m'avait point encore accordé tant
de liberté.

« Laurette ! » m'écriai-je, (c'était la première fois que je lui donnais ce nom) « Laurette ! quel bonheur d'oser vous aimer, même sans espoir de retour ! »

Le mot était lâché. Je la tenais entre mes bras, et je voulais me jetter à ses pieds; elle se dégagea, fit un bond jusqu'au clavecin, et chanta ces paroles :

Gardez-vous-en de ces larrons d'amour
Au doux parler qui ne vient point de
    l'âme ;
Un jour commence, et déclare leur
    flamme ;
Et sa durée aussi n'est que d'un jour.

En même-tems la fille-de-chambre arriva avec des fleurs

qu'elle apportait de la serre, les
répandit sur le plancher, et je
pris congé de Laurette.

Le 24.

Non ! je n'ose plus me montrer en société avec elle, sous
peine de devenir la fable de la
ville. Le moindre de ses signes
ou de ses regards a tant d'empire sur moi, que je dépose
contre ma raison, toutes les fois
qu'elle le juge à propos. Et lorsque je vois ceux qui m'observent
se regarder l'un l'autre en souriant de ma folie , mes pieds
brûlent jusqu'au moment où je
puis sortir avec décence et me
dérober à leurs fades railleries.
Hier, je me disais, avec une hor-

reur secrette : elle s'amuse de
toi, pauvre Donamar ! elle te
joue comme le poisson surpris
qui suit la ligne en se débattant.
Cette pensée s'attachait à mon
âme comme un ver dévorant ;
et pour m'en dégager, je fus
obligé de tourmenter mon pauvre cheval jusqu'à le faire tomber de fatigue, et je suis presque aussi harassé que lui.

Le soir.

Le cœur des femmes est un
abîme dont la raison humaine
ne peut conjecturer la profondeur. C'est par la perte de toutes
ses forces, qu'elle le mesure avec
effroi, quand elle s'y est précipitée.

Et, peut-être, le son de mes chaînes forme une musique charmante aux oreilles de mon impitoyable despote! Je dépose l'offrande de ma vie, sur l'autel d'une divinité qui se rit de mes vœux. Ces yeux virils versent des larmes dont l'orgueil d'une femme s'applaudit! Plus humble, dans mon abaissement, que l'esclave sans courage qui traîne le marche-pied de son tyran;... et j'ose, dans mon cœur, me croire un élu de la liberté! Liberté! ton nom sacré est un miroir où j'apperçois ma hideuse dégradation.

C'est aujourd'hui qu'il dépend de moi de décider si je dois être libre

libre ou rester dans un honteux vasselage. Mon affaire est terminée. Si, par le courier de ce matin, je n'écris point à mon général, pour prétexter une maladie et obtenir un mois de congé, je m'expose, comme un pécheur vulgaire, à toute la rigueur des ordonnances. Vois, Saint-Julien, le destin qui veut me dégager de ma prison : ne me pousse-t-il pas visiblement vers la porte ouverte par sa bonté ? C'est d'une seule résolution que dépend le bonheur de ma vie.

Le bonheur de ma vie ! Eh ! puis-je être heureux où n'est point Laurette ? Ah ! l'air qu'elle

respire, est le seul qui puisse
prolonger mon existence. Je ne
vois de beau que ce qui l'approche. Je ne trouve de paix
que dans le cercle qui l'environne ; et j'abandonnerais le seul
point de repos où vont aboutir
toutes mes pensées ! J'irais chercher ce que je ne puis trouver nulle
part, sans elle ! Vains efforts
contre la nature, et contre la
toute-puissance de Laurette ! Si
je dois être perdu, qu'importe
la place où je dois m'abîmer ?

Mais, suis-je donc réellement
perdu ?. Si la tempête de mes
sensations pouvait se calmer ;
si mon âme trouvait la source
du repos dans les charmes de

la sympathie ; si mon cœur
pouvait apprendre, de Laurette,
à oublier des vaines prétentions ; content de connaître auprès
d'elle des jouissances plus nobles et plus durables .... Un
tel sort ne m'éleverait-il pas au
comble de la dignité humaine ?
Pourrais-je avoir quelque chose
à regretter ?

Consolateurs et délicieux pressentimens ! vous n'êtes point
étrangers à mon âme ! Elle a
déjà connu ce sommeil tranquille du bonheur, quand j'étais
assis auprès d'elle, sans la toucher, sans desirer de la toucher ;
content d'écouter les sons de sa
voix, content de m'enivrer de

E 2

l'air qu'elle avait respiré. J'ai été ce qu'elle est ; pourquoi ne deviendrait-elle pas ce que je suis ? Le soleil de la sympathie n'épanche-t-il pas universellement ses rayons ? Un cœur comme celui de Laurette voile sa propre grandeur quand il s'offre inconstant au regard d'un monde qui ne mérite que l'inconstance. Tout doit être harmonie où l'on entend résonner tant d'accords. Et si, foulant aux pieds les fleurs de l'inconstance, elle pouvait écouter mes vœux ; si elle éprouvait la sincérité de mes sentimens ; si elle pouvait s'en convaincre, se livrer à ma foi, me récompenser d'avoir mis à ses pieds un hom-

mage qu'elle avait cherché vaine-
ment ..... Enfin, si elle con-
sentait d'être à moi! grand Dieu!
une telle perspective, et je par-
tirais !

Laurette ! Laurette ! intimé-
ment et pour jamais uni avec
toi ! Oh, écartons un tableau
trop enchanteur .... Ou je me
précipite , sans considération ,
dans l'abîme qui s'ouvre devant
moi.

Mais quoi ? Quelles idées se
renouvellent à ma pensée ? Que
veulent ces nobles images ? Sont-
ce les rêves brillans de ma jeunesse qui se retracent à ma mémoire ? Saint-Julien, je veux

E 3

relire ta lettre , et cesser de marcher à tâtons.

A minuit.

Garde-toi de me louer, Saint-Julien. C'est toi qui remportes cette victoire. Je partirai ; dussé-je succomber en route , je partirai. Ma lettre au général est écrite. Dans six jours, je suis auprès de toi.

Je vaux bien peu par moi-même à présent ; mais je veux me persuader que je vaux quelque chose. Je vais apposer orgueilleusement ton cachet sur cette lettre, et je m'imaginerai que je suis Saint-Julien.

LETTRE XXIV.

Saint - Julien à Donamar.

Bauzèn , le 19 Décembre.

SEMBLABLE à l'oiseau de passage qui s'est attardé , et qui doit endurer l'hiver dans des climats étrangers à sa nature, je porte mes pensées inquiètes, en tout sens, autour de moi.

Donamar ! fils de la liberté ! si tu pouvais rompre tes chaînes !

Mes bras ne peuvent point te presser avec autant de douceur que les bras d'une femme ;

mais ils ne t'abandonneront point;
ils te tiennent encore embrassés
malgré la distance qui nous sépare. Et le cœur d'une femme
ne saurait battre contre le tien
comme celui de Saint-Julien.

La voie du destin n'est point
la nôtre. Je serais auprès de toi,
si mes médecins et mes chirurgiens avaient voulu me permettre
un voyage. Mais il faudra bien
qu'ils m'accordent la moitié de
ma demande. Veux - tu faire
une marche forcée, Donamar?
et nous pourrons causer à mi-
chemin.

Lorsqu'un homme, dont le
cœur et les sens ont conservé

leur fraîcheur et leur énergie, doit se dérober à l'empire d'une femme belle et artificieuse, qui fait jouer, pour le séduire, tous les ressorts que la nature et l'art ont remis entre ses mains, il faut que le ciel fasse un miracle, ou que cet homme soit un Dieu. Donamar ! mon âme souffre en pensant à toi.

LETTRE XXV.

Laurette de Wallenstädt à Donamar.

Le Comte Donamar, le même qui, avant-hier, peignait l'amour avec des traits si séduisans,

m'a privé hier d'un plaisir innocent par son absence pré-
méditée. Je lui avais préparé
un cadeau de Noël, comme je
n'en ai fait encore à personne.
Il faut aussi qu'il se réjouisse,
disais-je, dans cette soirée qui
répand tant de joie dans les
bonnes âmes de la chrétienté. Il
ne tient qu'à moi de lui causer
bien du plaisir..... Mais.....
ô hommes ! Noël n'arrive qu'une
fois dans l'année.

LETTRE XXVI.

Le Comte Donamar à St.-Julien.

Berlin, le 27 Décembre.

ELLE est à moi, et mille voix répètent dans mon âme : elle est à moi. Je verse les larmes du bonheur sur l'autel de l'amour.

Toutes les facultés de mon âme se réveillent, averties par ses baisers ; et l'espérance, qui déploie sa banière séduisante, me procure les plus doux plaisirs.

O combien elle s'embellit cette terre, séjour de l'infortune,

quand les tranquilles miracles de
l'amour, nous ouvrant le ciel
par d'inexprimables ravissemens,
enfantent un monde nouveau
pour les élus.

Plus de prose de toute la vie!
elle m'aime, elle est à moi : c'est
dans ce sentiment, que je ne puis
contenir, que se concentrent toutes mes pensées. Je ne vois plus
qu'elle. Les murs, le papier, la
terre, les cieux, tout s'est em-
preint de son image.

Ne me trouble point, Saint-
Julien. Un mortel heureux doit
être sacré. Je célèbre encore aujourd'hui le lendemain de la fête
d'hier. Je suis né, pour la seconde

conde fois, le second jour de
Noël.

Et je voulais partir! sortir du
ciel! où donc voulais-je aller?
Maintenant, je suis les sentiers
de la vie, guidé par la main d'un
ange conducteur.

Je voulais te raconter.... mais
je ne puis. Attends quelques
heures, mon ami.

*   *   *

Il est encore trop tôt pour aller
chez elle. Il faut que j'épanche
cette surabondance de sentimens
qui surcharge mon cœur. Écoute.
Mon domestique avait reçu l'ordre d'empaqueter tous mes effets.

Tome II.   **F**

J'étais depuis long-tems convenu
avec moi-même qu'il était beaucoup plus décent, si je partais, de
prendre congé, que de m'enfuir
incognito. Honteux d'avoir pu,
un seul moment, hésiter sur ce
point, et, cependant, aussi troublé que si je doutais encore, je
montai ces degrés si connus, à la
dérobée, comme un banni; je
franchis la porte en tremblant.
Je restai muet, à la vue de Laurette. Mais ses regards plus froids
et plus réservés que jamais je
ne les avais vûs, me rassurèrent
précisément par leur froideur.
Elle était fort sérieuse, fort calme,
faisait peu de questions; et moi,
je ne parlais point qu'on ne m'eût
adressé la parole. Enfin, je

parvins à prendre sur moi d'annoncer mon départ;... et l'on me
souhaita *bon voyage.*

Tout était donc fini. Pauvre
philosophie! J'aurais pu déchirer
le monde comme j'ai fait de ma
vieille bible , quand je vis que
tout se passait au gré de mes
désirs , et que rien ne m'arrêtait
plus.

Mes coffres étaient faits. Le
domestique de Laurette vint me
rapporter mon Métastase; il pa-
rut surpris à l'aspect des préparatifs sérieux de mon voyage ;
il retourna promptement chez
sa maîtresse , et revint quelques minutes après , chargé
de me prier instamment de

disposer d'un quart-d'heure en faveur de Madame, qui avait oublié une commission importante,
qu'elle voulait elle-même me recommander. Je ne compris rien
à cela, mais mon bon génie l'en-
tendit; et, avant de savoir que
répondre, j'avais déjà répondu
que j'irais.

Je rassemblai toute ma résolution pour m'y rendre; traver-
sant rapidement, et sans regarder
autour de moi, le salon qui conduit à sa chambre à coucher, je
voulais ouvrir la porte sans être
annoncé, lorsque la fille-de-chambre, qui, apparemment, se trouvait dans la salle, se jetta devant
moi pour m'arrêter.

— « Ah ! Madame est indisposée.; elle ne pourra point vous recevoir. »

— « Me recevoir, » interrompis-je, brusquement, « il faut qu'elle me reçoive. »

Cette fille sauta devant la porte, dont elle barra le passage ; et déjà je renonçais à l'en écarter, lorsque la porte s'ouvrit , et m'offrit un spectacle auquel je veux penser toutes les fois que je me sentirai terrassé par le sentiment de la douleur. Laurette , presque déshabillée , les cheveux épars, la tête appuyée sur une de ses mains, était couchée sur un sopha placé en face de la porte. Elle se leva

F 3

avec effort lorsque j'entrai. La
douleur la plus attendrissante
était peinte dans ses regards,
et je restai muet..... Un ange
lui-même n'aurait point trouvé
d'expression pour un si triste
moment.

— « Vous voulez partir, cher
Donamar ?» dit-elle avec douceur,
en me tendant la main.

Je pris sa main, et je voulais lui répondre....... je ne
pus trouver qu'un oui étouffé,
qui sortit avec peine de mon
sein.

— « J'avais eu une légère attaque de fièvre, mais elle a produit

sur moi moins d'effet que votre départ. »

Mes yeux se levèrent au ciel.

— « Je sens maintenant une chaleur brûlante. »

Ce n'était pas là ce que j'aurais voulu entendre. Mes yeux retombèrent sur le plancher.

— « Voyez, seulement.... »

Je la regardai, et je balbutiai quelques mots entre-coupés.

— « Ne voulez-vous point prendre un siége ? »

J'étais, jusqu'à ce moment, resté debout.

F 4

— « Mais peut-être n'avez-vous pas le tems. »

« Tout le tems nécessaire, » dis-je précipitamment ; et j'avançai un siége, que je plaçai, sans y songer, à trois pas du sopha.

— « Vous aviez encore quel-ques ordres, Madame ? » En pro-nonçant ces mots, chaque goutte de mon sang était agitée.

« Oui, j'avais, » dit-elle, avec l'expression de la plus vive dou-leur, « j'avais une grâce à vous demander, s'il ne vous en coûte pas trop pour me l'accorder. Je voulais vous prier de ne point m'oublier. »

Le jour et la nuit se succédèrent dans mon âme, à ces mots
qu'animait le plus tendre accent
de l'amour. Je quittai mon siége,
et je pris entre mes mains la
sienne, qui retombait languis-
samment.

— « Laurette! » — Ce nom ex-
primait tous mes sentimens. Elle
se leva, et m'adressant la parole, plus douloureusement encore qu'auparavant :

— « Vous abandonnez une amie
malade, une amie la plus...» Elle
s'arrêta, posa la main sur son front,
et fixa les yeux sur la terre.

— « Cruelle! pourquoi me ré-
F 5

duisez-vous à ce départ? Pourquoi insultez - vous à des sentimens que vous-même connaissez ? »

— « Moi, je vous oblige à partir! moi, j'insulte à vos sentimens ! Donamar ! est-ce ainsi que vous me connaissez ? Vous n'avez pas voulu consacrer, à m'étudier, un tems dont vous ne m'avez point jugée digne. Semblables aux flots d'une mer agitée, la douleur et la joie, l'orgueil et la honte, se disputaient mon cœur, qui semblait tirer d'un nuage la certitude d'être aimé. » — « Ah ! » m'écriai-je, en me levant, « lorsque l'on connaît et ses sentimens et ses sacrifices; lorsque ces sentimens sont dédaignés, et ne rencontrent aucuns

sentimens qui leur correspon-
dent, effrayé, l'on rentre en soi-
même, et l'on abandonne une
main qui reste glacée dans la
vôtre. »

— « Ma main est-elle glacée,
cher Donamar ? » Elle plaçait sa
main sur ma joue, et le sang
bouillonnait dans mes veines.
— « O Donamar ! Sage Donamar ! »
dit-elle, avec un sentiment profond, « où était votre sagesse lorsque vous avez pensé à moi ? »
Elle se leva tout-à-fait ; je fis un
pas en arrière. Elle se tourna vers
moi. — « Ainsi, les plus pénibles
combats prennent, à vos yeux,
l'apparence de la légèreté ? C'est
ainsi que vous pensez ? Hommes !

F 6

hommes ! quand l'un de vous pourra-t-il avoir quelqu'idée de l'amour d'une femme ? Vous nous aimez bien moins que vos propres projets. Et quand notre cœur, plus ferme, cherche à lutter contre vous ; quand votre déraison nous réduit à languir sur le lit de la douleur, alors vous fuyez en nous maudissant. Partez donc, et soyez heureux, cher Donamar ! mais ne maudissez-pas celle qui vous aimait.» Elle tenait déjà la porte de son cabinet. Mon bras, rapide comme la volonté du ciel, la retint et l'embrassa ; sa bouche rencontra la mienne, et mon âme, transportée, abandonna cette terre insensible pour s'exhaler dans les cieux.

Le 30 Décembre.

Et c'est toi, cher Saint-Julien, qui, à la fin d'une année féconde en miracles, arraches ton bienheureux ami à la paix dont il jouissait. Un seul mot de toi m'a pénètré plus profondément qu'une page de remontrances.

Tu veux que je retourne vers toi ; je pourrais le faire : mais si tu viens toi-même, tu auras lieu de t'en féliciter. Viens-donc, et connais ma Laurette.

Pourquoi ne fermé-je point cette lettre pour te l'envoyer ? J'ai toujours quelque chose de nouveau à te dire, et je ne puis trouver des mots pour l'exprimer. Une esquisse imparfaite de mon bonheur pourrait t'égarer. Cette idée me fait prendre la plume avec une certaine anxiété, et je la quitte sans être satisfait.

Je passe mes jours comme un enfant sur le sein de sa mère. D'où vient que mon bonheur t'afflige, cher Saint-Julien? Je ne vois plus ce monde actif autour de moi. Je n'entends plus son tumulte. La terre que j'habite, est, pour moi, la tranquille Arcadie. Serein comme le soleil du printems, je m'éveille plein de la pensée de mon amie. Je me forme d'avance la plus douce image du jour que je vais lui consacrer. Enfin, de minute en minute, j'arrive à l'heureux instant où je puis voler vers elle; au moment où, averti par un regard rempli du sentiment qui m'anime, je puis tomber dans les bras de Laurette, et sentir son cœur battre sur le mien. Ainsi bercés par les jeux et les plaisirs, nos jours s'écoulent comme les flots du courant qu'un zéphyr léger presse les uns sur les autres à travers la verte prairie. Une échange tranquille de pensées forme notre entretien. Nous parlons de nous-même, car nous ne connaissons rien hors de nous. Le monde et toute sa gloire n'ont rien qui mérite d'être connu, comparés

avec le bonheur dont nous jouis-
sons. Ne sais-tu pas , Saint-
Julien , que l'amour rend possible ce dont l'imagination des
philosophes a douté? Il nous
donne des sens nouveaux , et
nous présente l'ordre des choses
dans une perspective nouvelle.
Le cœur de l'objet qu'on aime,
devient l'image de cet univers
qui n'appartient qu'à nous, et
sa plus douce palpitation offre
à nos sens la découverte d'une
faculté nouvelle de la nature. Elle
me demandait hier, s'il était
possible que nos âmes épuisassent
leur langage ? S'épuiser ! dans
le cours d'un siècle, il me serait
impossible de trouver des mots
pour exprimer ce qui se passe

en moi. Et lorsque nous paraissons garder le silence, et jouir seulement du bonheur d'être ensemble, nos âmes ne forment-elles pas la plus pure, la plus belle, la plus douce conversation ?

Le 1er. Janvier 1759.

Comment trahir des sentimens qui se cachent dans les replis les plus secrets de notre cœur ? Le jardinier couvre ses plantes les plus précieuses d'une cloche, pour qu'elles puissent y croître sans danger. Le mystère fait le plus grand charme de l'amour.

Il n'est personne dans tout Berlin, qui puisse soupçonner

ma liaison avec Laurette. Je ne
vais chez elle qu'à des heures
marquées, où je suis certain de
la trouver seule. Nous avons
autant de symboles mystérieux
qu'il y a d'heures et de quarts
d'heures dans la journée. De sorte
que mon domestique qui lui
porte souvent des messages ver-
baux, en connaît aussi peu la
signification que s'il portait une
lettre cachetée.

Les riens ont tant d'importance en amour, mon cher Saint-
Julien, qu'on ne peut parler
qu'avec une sorte de crainte religieuse, du sentiment qui nous
rend précieux jusqu'au moindre
ruban dont s'est paré l'objet chéri.

Les souvenirs attachés à ce ruban
pèsent souvent davantage dans
la balance du sentiment, que
les pâles sensations qu'a éprouvées un politique pendant tout
le cours de sa vie. Et rarement
les plus vives anxiétés de celui-ci
procurent à un seul homme le
degré de bonheur dont lui-même
s'est privé.

Ma Laurette est justement ce
qu'il faut qu'elle soit. Je ne la
voudrais ni plus vive, ni plus
tranquille; ni plus sérieuse, ni
plus évaporée. Ses yeux sont
comme j'aurais pu les désirer, et
ses boucles tombent comme elles
doivent tomber. Remplis - toi
bien de cette idée, mon cher

Saint-Julien, et, peut-être pourras-tu comprendre toute la force
d'un amour que je ne saurais
t'exprimer. Quelques gens la
trouvent trop petite; mais, si elle
avait une ligne de plus, elle ne
serait plus ma Laurette.

Le 10.

Pourras-tu sentir aussi le prix
de ce que je vais te raconter?
Hier, elle donna un souper brillant, où la contrainte, qu'il avait
fallu promettre de m'imposer
aux yeux du monde, me coûta
beaucoup moins que je n'avais
lieu de le redouter. La foi,
dit-on, suffit pour transporter
les montagnes! J'ignore si la
maxime est bien fondée; mais

j'ai éprouvé que la foi, en amour, donne une force qui fait voler les quartiers de rochers comme des boules de neige. Cependant, car il y a toujours un peu d'intérêt personnel en jeu, je voulais obtenir la récompense d'un si noble combat. Comme la société se sépara le soir fort tard, il fallut bien, par bienséance, prendre congé avec le reste de la compagnie. Mais je fis, à la porte, une manœuvre savante; et, par un *à gauche*, je me retrouvai au haut de l'escalier.

Elle vint elle-même à la porte du salon. « Mortel impatient ! » me dit-elle avec douceur, quand elle me vit tourner et faire trois

pas d'un bond. Les domestiques
qui venaient déjà enlever la
table, furent renvoyés, et nous
nous assîmes, en famille, l'un
auprès de l'autre : un lustre ré-
pandait une clarté très-brillante
au milieu de la salle.

« Toutes ces lumières me font
mal aux yeux ! » dit Laurette.

— « Le remède est facile, » m'é-
criai-je gaîment. Je m'emparai
des mouchettes, et j'éteignis d'a-
bord les bras de cheminées, une,
deux, trois, avant qu'elle pût
me crier : « Que faites - vous
donc ? »

« Voilà ce qui s'appelle être

serviable,» dit-elle en riant. Mais lorsque je m'apprêtais à m'exercer sur le lustre, elle courut pour me retenir le bras ; et comme je n'en allais pas moins mon train, elle s'en fut vers la porte. — « Bien du plaisir ; amusez-vous tout seul dans les ténèbres. »

Enfin, en vertu d'une capitulation, nous convînmes de laisser trois bougies du lustre allumées. Mais, par une ruse de guerre, je conservai les plus courtes.

Enfin, nous nous assîmes, et nous regardâmes les bougies brûler, comme les enfans attendent, à Noël, l'homme masqué qui vient les effrayer, ou leur offrir des bonbons.

« Puis-je demander à ma Laurette l'objet de sa profonde méditation ? » dis-je d'un air très-important; « ne roulent-elles pas sur les trois bougies ? »

— « Justement. Voyez comme elles diminuent sensiblement. La plus courte va bientôt s'éteindre. »

— « La cire est pure, et l'odeur n'en est point désagréable. »

— « Elle n'a rien d'agréable non plus. Une bonne lumière ne doit pas plus s'éteindre que le

le soleil dans le firmament.
Voyez-les toutes les trois va-
ciller. »

— « Vous en parlez bien gaîment. »

— « Pourquoi non ? Il faut
bien laisser finir ce qui n'a pas
la force de durer. »

La première bougie vacilla,
s'obscurcit, et s'éteignit enfin.

— « Deux lumières produisent
une meilleure clarté : toutes les
bonnes choses sont doubles. »

— « En ce cas je plains Donamar, dont les préparatifs ne

Tome II.   G

réussiront pas ; car la seconde
bougie brûlera bientôt toute
seule. »

— « Pourquoi n'aura-t-elle
point maintenu l'autre em-
brasée ? »

Nous gardâmes le silence jusqu'au moment où la seconde
bougie s'éteignit.

— « Fils des ténèbres ! te
trouves-tu mieux ? »

— « N'étais-je déjà pas bien ?
Ma lumière est en moi. »

— « Assez fier ; mais pas trop
galant ! »

— « Comment? Laurette a-t-elle déjà oublié sa divinité et l'histoire de la création? »

— « Eh ! que dit-elle cette histoire ? »

— Laurette dit : « Que la lumière soit, » et la lumière fut.

— « Je crois que Donamar a pris un vol trop haut. »

— « Tant qu'il sera dans l'athmosphère de Laurette, il ne saurait tomber. »

Un doux silence succéda à notre conversation. Laurette était dans mes bras ; son souffle était calme et tranquille : une lueur faible éclairait encore l'appartement.

— « Donamar veut m'apprendre à être sage. »

— «Moi ! Comment ? »

La dernière bougie s'éteignit; Laurette s'échappa de mes bras, et courut à la sonnette. Un domestique entra. — « Eh quoi! dormez - vous ? A quoi songez-vous ? Personne n'a soin des lumières. »

« Laurette! cela n'est pas bien, » dis-je avec un peu de ressentiment.

— « Juste châtiment d'un ar-

tifice qui ne convient point à un
Donamar! Peau sire, «dit-elle
en passant légèrement la main
sur ma joue, » je donne de bon
cœur quand la chose dépend de
moi ; mais je ne me laisse pas
voler la valeur d'une noisette. »

Le 12 Janvier.

Dois-je m'en vouloir de n'a-
voir point agi d'après des circonstances que je ne pouvais
prévoir ? Je ne vends point
un bonheur présent à si bon
marché.

Tu te ressouviendras, mon
ami, que dans mon agitation,
et pourtant d'après les plus justes
réflexions que je pouvais faire

G 3

alòrs, j'écrivis au Général, que,
dans peu de jours, j'aurais re-
joint l'armée. Pour me mettre
en règle, conformément aux ordonnances, aussi-tòt que je for-
mai le projet de rester à Berlin,
j'aurais dû expédier un courier
pour demander la prolongation
de mon congé. Mais, Saint-
Julien! pouvais-je prévoir ce
qui est arrivé?

Maintenant le Général a vu
ma lettre. Mais, faudra-t-il en
exécuter, à la lettre, le contenu? me rendre, sur-le-champ,
au quartier-général? Non, ma
foi. Je ne sers point par un
sordide intérêt, et j'ai des affaires à terminer ici.

LETTRE XXVII.

Saint - Julien à Donamar.

Bauzen , le 22 Janvier.

Ne dis pas un mot, Donamar, lorsqu'il s'agit du ciel et de la destinée ; pas un mot, quand il est question de bonheur ou d'adversité. Hier encore je croyais permis aux hommes de savoir quelque chose ; aujourd'hui cette croyance m'a prouvé que je suis un rêveur comme les autres. Ne te réjouis point ; l'arbre peut perdre une de ses feuilles et te réduire à verser des larmes. Ne t'afflige point ; le destin t'ap-

prête peut-être telle joie inatten-
due, qui te ferait rougir d'avoir
osé t'attrister.

Tu ne veux donc point venir
me trouver ? Eh bien, ne viens
point. Je vais tenter un autre
voyage en France, sans prendre
congé de mon médecin C'est-là
qu'elle vit ; Donamar ! celle
dont j'ai cherché la tombe depuis
deux ans. Elle vit ! mortel trop
fortuné ! et tu peux supporter ton
bonheur !

La nouvelle est douteuse, et
la philosophie voulait m'arrêter.
Je me croyais fixé pour jamais,
et le moindre souffle de vraisemblance a ébranlé toutes mes réso-

lutions. Je croyais avoir épuisé
toutes les démarches , et j'ai
passé deux ans dans l'inaction.
Ah! j'en atteste le cœur humain,
toutes les dissertations philoso-
phiques dont il est l'objet , ne
sont rien que des jeux d'enfans,
et l'homme raisonnable doit rougir de s'y arrêter.

LETTRE XXVIII.

*Laurette de Wallenstädt à
Donamar.*

VOILA votre déguisement ,
beau Céphale. Mon imagination
a fait de son mieux pour l'objet
qui l'occupe sans cesse. Hâtez-
vous d'essayer toute cette parure

en présence du tailleur qui vous l'apporte. Je serai prête dans trois heures. Ne tardez point, mon ami.

LETTRE XXIX.

Le Comte Donamar à St.-Julien.

Berlin, le 11 Février.

DESCENDEZ du ciel, esprits bienheureux ! jettez les yeux sur cette vallée de larmes, et apprenez à envier le sort d'un mortel ! Cette grêle, qui vient se briser contre mes fenêtres, a pour moi tous les charmes du printems; et la blancheur du lys flatte moins mes yeux que cette neige éblouissante étendue sur nos toits.

Saint - Julien ! rappelle les plus doux momens de ta vie! Que ta pensée les unisse en un seul instant ! Que l'imagination exalte encore pour toi le comble de la plus enivrante prospérité; et pourtant il sera impossible que ton bonheur approche du mien.

Elle dort encore, la plus aimée de toutes les femmes! Les rayons de la lune se réfléchissent sur l'azur de ses nœuds, et relevant l'éclatante blancheur des rideaux de son lit, semblent déposer leurs caresses sur ses paupières. Ses jolies mains sont fourrées sous la couverture, et le mouvement uniforme du mouchoir,

trahit seul les appas cachés de
son sein. Appaise-toi, mon âme!
tout cela n'est plus qu'imagination. Plus rien , plus rien
qu'un souvenir charmant ! La
réalité n'est sensible qu'au moment de son existence.

Nous dansâmes hier, dans un
grand bal masqué. Elle était
mise en Aurore, et j'avais em-
prunté l'apparence de Céphale.
Sa robe était rose , ornée de
guirlandes que le goût lui-même
avait placées. Un mouchoir des
Indes cachait ses cheveux bruns.
Son diadème noir et la ceinture
dont sa taille svelte s'entourait,
étincellaient de diamans. Nous
parcourions la salle en nous
tenant

tenant par le bras, et nos regards s'arrêtaient l'un sur l'autre, dédaignant la foule étonnée qui nous contemplait.

Minuit était passé.

— « Je suis fatiguée du tumulte, » dit Laurette ; « je vais me retirer. »

— « Mais je n'ai donné d'ordres à mon cocher que pour trois heures. »

— « Ne l'ai-je pas deviné ? Venez avant que personne ne nous remarque, » me dit-elle rapidement ; « Aurore doit enlever son Céphale. »

Tome II.   H

Nous nous glissâmes dou-
cement à travers la foule, et
nous étions en voiture avant qu'on
nous eût apperçus.

« Souffrirez-vous que je vous re-
conduise à votre appartement, »
lui dis-je, quand la voiture
s'arrêta.

— « Si vous promettez d'être
bien sage, » répondit-elle doucement.

Je n'étais encore jamais entré
dans la chambre où nous nous
arrêtâmes, avant que la soubrette
vînt se présenter.

— « Il n'y a point de feu dans

l'autre salle, » dit Laurette ;
« mais.... mais soyez sage. »

L'Élysée semblait s'ouvrir à
mon esprit transporté ! Un lit
blanc sur un des côtés ... ouvrit
une vaste carrière à mes idées....
Laurette voulut les détourner ;
mais j'oubliai bientôt ses raisonnemens dans ses bras, et la
nuit du bonheur, entrecoupée
seulement par les éclairs les plus
doux, vint couvrir mes yeux.

H 2

LETTRE XXX.

Saint - Julien à Donamar.

Bauzen , le 10 Février.

J'AI obtenu mon congé. Mes malles sont faites. Dans un quart d'heure , je pars pour aller de nouveau tenter la destinée. Est-ce de l'Orient , de l'Occident que doit partir le rayon dont l'espoir est si flatteur pour mon âme ? Quoiqu'il en soit , je vole à sa rencontre , sans m'arrêter plus long-tems à de vaines incertitudes.

Je ne puis encore compter sur

rien. Mais l'amitié conserve ses droits.

Tu trouveras, ci-jointe, l'histoire de ma vie écrite dans les chiffres dont nous sommes convenus; lis-la tandis qu'il en est tems. Lis-la sur le bord du précipice ; n'attends-pas qu'au fond de l'abîme elle ajoute encore à ton désespoir.

C'est ainsi que, les yeux ouverts, nous nous approchons tous d'un invisible but, sans pouvoir, l'un l'autre, nous conseiller.

Écris-moi à Bruxelles. Si tes lettres ne m'y trouvent plus, on me les fera parvenir.

LETTRE XXXI.

Ferdinand de Seltitz à Donamar.

M ∗∗∗, le 10 Février.

Tu m'as oublié depuis long-
tems, cher Donamar, mais les
momens où tu pensais à moi
semblent si doux à mon souvenir,
que je passe des heures entières
à réfléchir sur ta destinée. Quelquefois je m'imagine que tu pourras encore te rappeller l'amitié
qui nous unissait, et cette idée
suffit pour m'arracher des larmes.

Ne crains point que mon intention soit de t'importuner par

de vaines remontrances. Comme
il m'est impossible de savoir si,
dans ta disposition présente, des
nouvelles de moi peuvent t'être
agréables, je t'épargnerais cette
lettre, si ton bonheur ne paraissait pas dépendre, en quelque
façon, de ce qu'elle contiendra.
J'ai causé, il y a quelques jours,
avec une personne qui arrive de
Berlin, où il a soigneusement
observé toi et tes actions, caché
sous un déguisement familier,
qu'il ne portait pas sans dessein.
Il connaît aussi madame de Wallenstädt, et en sait plus sur son
compte que je ne t'en dirai.
N'exige point de moi que je te
raconte des particularités dont
je ne puis fonder la crédibilité

H 4

que sur le témoignage de cet
homme ; mais il y a beaucoup
d'ensemble dans tout ce qu'il
m'a rapporté. On ne rassemble
point à plaisir toutes les circonstances dont il m'a fait part. Si
tu attaches quelque prix à ton
propre repos, si tu peux t'abstenir de sacrifier un innocent
pour punir un coupable, je t'engage à te procurer, le plutôt possible, un entretien cordial avec
le lieutenant Ez***, du régiment de Ziethen, le même que
tu as souvent rencontré chez
mad-me de Wallenstädt ; je puis
t'en fournir l'occasion. La personne de Berlin, avec qui j'ai
causé, a trouvé un porte-feuille ;
comme il avait la certitude de ne

pouvoir en découvrir le propriétaire, il l'a emporté avec lui,
sans l'ouvrir, jusqu'à ce qu'un
accident en ayant fait sauter la
serrure, lui ait donné des connaissances sur ce point et sur
beaucoup d'autres également im-
portans. J'ai lu aussi ces lettres,
qui te concernent particulièrement. Mais je te conjure, au nom
de l'amitié, de ne point ouvrir
le porte-feuille, que nous avons
refermé. Le lieutenant Ez*** est
un homme dont les sentimens
sont véritablement généreux. S'il
reçoit ce porte-feuille de ta main,
dans l'état où il te sera remis,
vous en viendrez tous les deux
à vous éclaircir sur une affaire,
dans laquelle vous êtes, l'un et

H 5

l'autre, si indignement abusés, que je ne puis y songer qu'avec horreur. Daigne, aujourd'hui, t'en rapporter à moi, cher Fion-namar! Qu'aucun pressentiment ne te retienne, mon ami! que rien n'empêche une démarche qui te rendra au bonheur et à une tranquillité bien préférable aux prestiges dont l'esprit peut s'enivrer! Peut-être ta reconnais-sance s'épanchera-t-elle bientôt dans les bras de celui qui ne peut t'oublier.

LETTRE XXXII.

Dorothée Heise au Comte de Donamar.

Leipsic le 16 Février.

Ah! Monsieur le Comte! j'ai toujours prédit où les choses en viendraient; et maintenant nous y voilà. Mais Madame la Baronne de Wallenstädt est la cause de tout.

Si M. le Comte voulait seulement venir. et jeter un coup-d'œil sur nous, cela rendrait ma bonne Demoiselle à la raison. En vérité, je ne sais par où commencer.

H 6

Je l'ai toujours dit à Madame
de R***, quand Mademoiselle
pleurait tant , et parlait toute
seule en dormant, et se levait....
à telles enseignes, que je me suis
enrhumée deux fois à la veiller.
Mais une pauvre domestique
n'ose pas trop parler. Je le disais
bien que la tête s'en irait. Madame de R*** était de mon avis;
et cette digne Dame lui avait
recommandé un excellent remède, qui était de lire tous les
soirs un chapitre de la bible:
mais, depuis ce tems-là, elle a
beaucoup empiré; c'est peut-être
parce qu'elle n'est pas de notre
religion.

Quand nous sommes parties ,

élle parlait encore d'une manière
tout-à-fait raisonnable, disant
qu'elle aurait soin de ma dot.
Une fois, je lui dis qu'elle ne
devrait pas partir. Elle me répondit qu'elle me chasserait, si
je ne me taisais pas. Voilà comme
sont les maîtres à présent. Trois
jeunes filles s'étaient déjà pré-
sentées à Mademoiselle pour
m'ôter mon pain ; mais j'avais
si bien arrangé tout, que nous
partîmes dans la nuit, sans que
Madame de R*** en sût rien,
ni même que le cocher qui nous
couduisait, et que M. le Comte
connaît si bien, fut instruit de
nos desseins. A présent, nous
sommes ici à Leipsic, et ma
pauvre Demoiselle a perdu la

raison. Elle s'imagine toujours
marcher sur des serpens. Je ne
sais que faire. Je crois que si
M. le Comte voulait venir, on
po rrait la calmer, et empêcher
un éclat. Mais il faut que Madame la Baronne de Wallenstädt
soit une bien méchante. Dame,
s'il est permis à de pauvres gens
comme nous de parler ainsi.

Elle m'a donné, aujourd'hui,
une lettre, et m'a dit : « Dorothée,
porte cela à la poste ; » et je lui
dis : « Mademoiselle ! elle n'est
point cachetée. » Et elle me dit :
« Pauvre aveugle ! tiens, voilà le
cachet, là ; » et elle me montra
son cœur, et elle rit. Et moi, je
pleurai en la voyant rire.

Monsieur le Comte saura bien
ce qu'il y a à faire.

LETTRE XXXIII

Contenue dans la précédente.

Frédérique de Glanzow à Donamar.

IL faut que Donamar m'en-
voye un pardon bien sincère.
C'est peu pour lui ; mais moi je
n'ai rien.

Le sévère Donamar m'a punie
comme je le méritais. Je suis une
fille bien malheureuse !

Donamar ne trahit point comme
Madame..... Ah ! bon Donamar !

tu es trompé, toi. Si tu savais de
quelle manière traîtresse elle s'est
avancée derrière moi ; comme
elle m'a serré dans ses bras pour
m'étouffer ! Ah, Dieu ! je suis
entourée de serpens : par-tout où
je mets les pieds ce sont des serpens ; ils s'entrelacent autour de
moi, et leurs nœuds m'oppressent
la poitrine. Ah ! combien mon
cœur souffre ! bientôt je serai
heureuse.

Je voulais te montrer une
lettre, cher Donamar ! une lettre
de la perfide ; une lettre que l'é-
pouvante ferait tomber de tes
mains ; mais je n'ose pas la prendre ; la cassette où je l'ai mise
est pleine de serpens.

La nuit dernière, j'ai rêvé qu'une pauvre petite colombe, poursuivie par un milan, s'était réfugiée dans mon sein ; elle battait des ailes d'un air si pénétré de tristesse ! elle levait sur moi un regard si pitoyable !.... Je frissonne encore d'y songer. C'est moi qui suis la pauvre colombelle. Donamar ! Donamar ! délivre-moi ! viens, viens me délivrer !

(*Il était impossible de lire le reste.*)

LETTRE XXXIV.

Le Comte Donamar à Ferdinand de Seltitz.

Potsdam, le 25 Février.

Tour est fini pour moi. Et toi, Seltitz, tu répondras devant Dieu d'avoir effrayé le malheureux somnambule qui se promenait sans crainte sur la pointe des rochers. Te voilà satisfait. Je suis précipité, brisé, confondu, anéanti. Je regarde le ciel, et mes yeux ne peuvent plus trouver de pleurs.

O ! si je pouvais déchirer le

monstre qui s'est joué de mes sentimens les plus sacrés ! qui a profané, par le plus honteux abandon, l'objet de l'amour le plus tendre et le plus sincère ! Et pourtant, comme il existe un Dieu, je l'aime encore, cette indigne Laurette. Il est épouvantable de le penser ; mais je l'aime encore.

Est-elle donc encore, cette Laurette, la plus aimable de toutes les femmes ; cette Laurette animée par les grâces, dont chaque geste développait quelque charme, dont chaque regard était un éclair lancé des cieux ? est-elle corrompue ? Ah ! si le vice peut se revêtir de si nobles apparences, la vertu n'a plus d'asile que le sein de la divinité.

J'ai perdu, pour jamais cette beauté, et toute autre beauté. J'ai perdu le charme de cette vie et le bonheur de l'autre. Qu'est-ce, hélas ! que le ciel, si Laurette ne peut l'habiter ?

L'oublier ! oublier ma Laurette ! oublier cette nuit, dont la félicité eût fait connaître aux esprits célestes des sentimens nouveaux pour eux !

Ah ! Seltitz ! ton âme tranquille n'a jamais conçu l'idée d'une semblable nuit ! Je suis perdu ; mais j'emporte dans l'a-

bîme, des images que les cieux
et les enfers ne sauraient me
dérober. Cette ardeur brûlante
qui me consume... le souvenir
d'une haleine si douce peut seule
la tempérer. Je sens son cœur
battre encore sur le mien, et ce
sentiment peut seul calmer ses
horribles palpitations. C'est en
songeant aux bras qui m'ont si
tendrement pressé, que j'adoucis
le lit de rochers où m'a suivi le
désespoir. Mais l'aimer ! oui,
je le sens, j'affronterais encore
un monde pour la défendre. Mais
l'aimer ! la misérable, dont les
appas mis à prix.... L'aimer !...
Ce sentiment m'enlève toutes
mes forces. Mon cœur, déchiré
par ces horribles combats, dé-

teste désormais une vie insup-
portable. Eh quoi, un boulet de
canon ne viendra-t-il pas terminer ma misère ? Pourquoi
l'attendre, quand la pression du
doigt peut ouvrir les portes de
la mort ?

Et ces rêves brillans ! Pauvre
Donamar ! est-ce au sein de la
mort qu'il faut rappeler les
songes de la vie ? Mortels infor-
tunés ! le Donamar qui pouvait
agir pour vous est mort dans les
bras de sa Laurette.

Que devenir ? où aller ? Auprès
de toi ? que ferais-tu de ma tête
désorganisée ? Trouver Saint-
Julien ? il est parti sur la route

du bonheur. A l'armée ? je me
suis si bien brouillé avec mon
Général , qu'une retraite peut
seule préserver mon honneur. Où
donc aller ? Question d'enfant.
Loin d'elle, loin de Berlin ; mais
par-tout où elle aura passé, par-
tout où elle s'est arrêtée ; j'ha-
biterai la chambre qu'elle aura
habitée ; je baiserai la trace de
ses pas , jusqu'au moment où la
douleur aura desséché les restes
de ce misérable cerveau.

Brandenbourg, le 26.

Continue, ô destin ! tu m'auras
bientôt amené où tu veux me
conduire. Fallait-il donc tant
d'efforts pour accabler un malheureux déjà renversé ? mais le

plutôt sera le mieux. Je commence à croire que les cieux et
la terre ont changé de place.

Écoute donc, cher Seltitz, l'a-
necdote la plus divertissante. La
vie est si courte ! Il faut bien
rire un peu sur nos propres
folies.

« Loin, loin d'ici, » me criait une
voix intérieure qui me chassait
de Potsdam. Si j'avais pu faire
le tour de la terre en une heure,
cela m'aurait soulagé ; mais la
guerre a rendu les chevaux si
rares, qu'il est impossible de
courir la poste de nuit ; et mon
pauvre anglais est resté étendu
sur le sable, après ma course
d'hier.

d'hier. Enveloppé dans ma four-
rure, je parcourais toutes les rues
de Potsdam, marchant dans la
neige; enfin, j'arrivai devant le
grand bassin, et je fixais, abimé
dans mes pensées, cette petite
maison sur l'île, où le noble
Frédéric-Guillaume avait tant
de plaisir à fumer.

Le jour commençait à poindre
quand je retournai à mon auberge, et les lampes brûlaient
encore. Je me trompai de chambre. Tout étonné de trouver à la
porte une clef que je croyais
avoir emportée, j'ouvre brusquement, et je vois devant moi une
Dame à demie déshabillée, ce
même fantôme qui m'apparut,

Tome II.   I

il y a six mois, dans les bois de
M*** ; une femme-de-chambre
était auprès d'elle. Nous restâmes
pétrifiés, comme si la foudre fût
tombée entre nous. Je balbutiai
quelques excuses, et je m'en retournai chez moi. Lorsque je
commençais à reprendre mes
sens, le postillon m'appela. Je
ne pus m'abstenir de demander
qui était cette Dame, avant d'entrer dans le chariot de poste.
« Nous l'ignorons, » répondit l'hô-
tesse, avec un sourire équivoque.
— « Où va-t-elle ? » — « A Berlin. »

Je me jetai dans la voiture,
et nous partîmes.

LETTRE XXXV.

Histoire du Comte Saint-Julien.
Appendice à la trentième
lettre.

Il se serait encore écoulé plus d'un an, cher Donamar, avant qu'il m'eût été possible de te retracer les beaux jours et les malheurs de ma vie. Ces derniers s'y sont tellement multipliés, ils ont si fort empoisonné le cours des autres, que je ne puis goûter le souvenir des instans du bonheur, sans réveiller celui de mes peines ; et les jouissances que des images flat-

teuses peuvent me procurer, ne
compensent point ce qu'ont de
douloureux les tableaux qui les
suivent ou qui les précèdent.
Cependant, je suis prêt à ac-
quitter ma dette, et je ne cal-
cule point les plaisirs et les
tourmens attachés au récit de
ma destinée, puisque c'est un
tribut auquel l'amitié t'a donné
des droits. Tu me permettras
seulement d'omettre une partie
bien intéressante dans toute histoire, le détail des sensations
qu'en a éprouvées le héros. Ce
que j'écris dans ce moment n'est,
à proprement parler, qu'une
gazette. C'est à ton génie à tirer
les conséquences et à conjecturer l'effet qu'a produit sur

moi le cours de ces évènemens.
Qu'il suffise à celui qui lira
mon histoire, d'apprendre qu'on
peut survivre, sans miracle,
aux plus horribles catastrophes,
et que l'on a toujours tort d'accuser sa destinée.

Mon nom est Dom Pedro,
Comte de Centella: Ma famille
est ancienne, et je compte parmi
mes ancêtres, plusieurs héros
qui se sont distingués contre
les Maures. Mes yeux virent
en naissant, un soleil plus beau
que celui dont s'éclaire votre
nocturne horison. Je respirai,
pour la première fois, un air
plus doux et plus pur que l'air
hivernal épandu toute une moitié

I 3

de l'année sur vos rudes climats
du Septentrion.

C'est au milieu de l'Andalou-
sie, sur une colline entourée de
plaines couvertes au loin de bois
de citronniers, que s'élevait le
château de mon père Dom Ma-
nuel. Le soleil couchant se réfléchissait sur la droite, dans les
ondes dorées du Guadalquivir,
et ses derniers rayons éclairaient
à gauche la cîme noirâtre des
montagnes.

Fier de ses richesses et plus
fier encore de ses aïeux, mon
père s'était retiré dans la vigueur
de son âge, brouillé avec la
cour qui n'avait point satisfait

ses prétentions. Il crut la braver
en tenant lui-même une cour
particulière. Aussi voyait-on
chez nous coureurs, maîtres et
une foule de domestiques de toutes
les espèces, société nombreuse,
et musique italienne comme dans
la chapelle d'un prince. Personne, au château, ne prenait
soin de mon éducation, sur-tout
depuis la mort de ma mère.
Le Jésuite qu'on m'avait donné
pour gouverneur, n'avait aucune
autorité sur moi, et mon père
riait aux éclats, quand il me
voyait maîtriser mon maître.

Les dépenses immodérées de
mon père nous conduisaient rapidement à notre ruine ; mon

père le sentait bien ; mais il
comptait sur le gain d'un procès
entamé, depuis cinquante ans,
contre une branche collatérale
de notre famille. Il avait solli-
cité ses juges, et donna une
grande fête le jour où son affaire
devait être jugée. On publia le
jugement, et le procès fut perdu.
La révolution que cet évènement
produisit dans notre fortune,
ne fut pas plus grande que celle
qui se passa dans mes idées,
lorsque mon père, en me ser-
rant la main, s'écria : *Nous
sommes réduits à la mendicité!*
J'allais apprendre à connaître la
force des relations humaines.
Elles étaient incompréhensibles
à mon cœur, et mon esprit

cherchait à se démontrer leur
nullité.

Un voyage à Madrid achéva
de nous épuiser. Pendant que
mon père, qui voulait rétablir
sa fortune, n'épargnait aucune
démarche pour obtenir un gou-
vernement en Amérique, je
travaillais dans la bibliothèque
d'un vieux gentilhomme qui s'in-
téressait à moi. J'y trouvai un
assortiment plus nombreux que
choisi d'histoires de chevalerie
et de voyages dans les deux Indes.
Je les lus avec avidité, et pendant six mois qui s'écoulèrent,
avant que mon père obtint un
poste de sous.-gouverneur au
Pérou, je me meublai la tête

d'une foule d'aventures et de
découvertes.

Nous quittâmes l'Europe avec
la flotte qui partait de Cadix.
Combien je trouvai ce Pérou
au-dessous de mon attente! J'y
rencontrai des cloîtres que je
n'avais jamais pu supporter, et
des tribunaux que je n'y avais
point soupçonnés : et je conçus
une aversion extraordinaire contre les cloîtres et les tribunaux.

Mais je découvris bientôt au
pied des Cordillières, un trésor
plus précieux pour moi que les
mines du Pérou. Un vieil Amiral,
Sicilien de naissance, mais qui
avait blanchi dans le service

espagnol, habitait, avec son petit-
fils, une maison de campagne
voisine de celle qu'avait achetée
mon père. Le jeune Saint-Julien
(c'est ainsi qu'il se nommait, et
que je me suis nommé après lui)
devint bientôt mon plus intime
camarade, et nous offrîmes à ces
climats l'exemple d'une amitié
dont ils n'avaient pas encore été
les témoins. Toujours convaincu
que mon père avait été ruiné
par un jugement injuste, j'épan-
chais, dans le cœur inflamma-
ble de mon ami, mon projet favori d'abolir les tribunaux, et
je lui démontrais que les cou-
vents étaient aussi inutiles que
les cours de justice, puisque les
moines et les nones étaient riches,

quoiqu'ils prêchassent la pau-
vreté. Était-il possible d'imaginer que des sentimens émanés
d'une source aussi impure ,
dussent un jour s'anoblir et se
voir justifier par la raison ? Nous
étions, l'un et l'autre, à l'âge de
quatorze et quinze ans , époque
remarquable où les nouveaux
développemens du physique sont
intimement liés avec une révolution sensible dans le moral.

Mon ami différait de moi par
un fond de gaîté, qui l'empêchait
de rester aussi long-tems attaché
que moi à ses caprices ; mais il
en avait aussi qui ne me seraient
jamais venus. C'est ainsi qu'il
fondait cette aversion que je lui
avais

avais inspirée pour le clergé, sur
ce qu'il tournait en crime tous
nos plaisirs ; et son plus grand
motif de haine contre les tribunaux , c'était les restreintes qu'ils
imposaient aux chasseurs. Enfin,
chacun de nous avait son téles-
cope , qui lui servait à épier les
défauts de l'hiérarchie civile et
religieuse ; mais au fond , nous
étions déjà hérétiques et rebelles ;
il ne fallait plus que le tems et
les occasions pour mûrir ces
semences hasardées, et nous préparer à des entreprises pour établir la liberté politique et spirituelle, pour lesquelles nous nous
sentions déjà tant d'inclination.

Chaque jour faisait tomber

quelques-unes des fleurs précoces
de notre imagination et les rem-
plaçait par des boutons qui donnaient la plus juste espérance.

Nous apprenions l'éxercice militaire, et nos conversations secrètes commençaient à avoir un
but plus raisonnable, quand le
vieil amiral mourut, et laissa
son petit-fils sous la tutelle d'un
parent éloigné, qui s'apprêtait à
retourner en Europe. Mon ami
fut obligé de le suivre ; et la
douleur que j'éprouvais, à son
départ, ne me permit point de
pressentir que quelque jour nous
nous reverrions sur un théâtre
bien différent, quand l'âge aurait
mûri notre adolescence.

J'étais encore livré à tous mes chagrins, quand le sort de mon père éprouva un changement qui influa beaucoup sur le mien. Le Viceroi, avec qui il ne pouvait s'accorder , écrivit secrètement en cour, et mon père reçut tout-à-coup l'ordre d'aller remplir, à la Havanne, un poste semblable à celui qu'il exerçait à Quito. Je le suivis de grand cœur à sa nouvelle destination. Le Pérou était mort pour moi, du moment que l'Océan m'avait enlevé celui qui m'y attachait.

Le tumulte d'une ville mari-time comme la Havanne, où les affaires et les hommes reçoivent une double activité du courant extérieur, m'étourdissait au lieu de me distraire. J'étais accoutumé aux doux épanchemens de l'amitié, et je me voyais environné d'une foule parfaitement étrangère.

Le feu qui m'animait était sur le point de s'éteindre dans un sombre découragement. La Havanne n'offrait à mon esprit que des journaux de commerce et des livres de prières; subsistance peu propre à rétablir ses organes fatigués.

Il était tems, si le sort m'avait destiné à quelque chose, qu'il me fît connaître l'homme désigné par lui pour me montrer à moi-même.

Outre les différentes expéditions que j'entrepris dans l'intérieur de l'île, pour y faire des découvertes, je visitais souvent les côtes, et prenais grand plaisir à jouir du spectacle de la mer.

C'est environ à une lieue du Havre que la plaine qui l'entoure commence à s'élever, et à former des collines et des monticules de sable : à cette distance, un promontoire s'avance dans la mer, et creusé en dessous par les flots dont il est battu, forme une espèce de banc de sable, à fleur d'eau. A son extrémité extérieure, on voyait, depuis un tems immémorial, un palmier élancé, dont la couronne était à demi

K 3

dépouillée, mais qui, pourtant, tenait encore, par de fortes racines, à ce sol humide. C'est cet endroit dangereux que j'avais choisi pour me reposer, lorsque, plein de confiance dans mes propres forces, j'avais été nager à une distance assez considérable dans la mer; j'y avais rarement trouvé personne. Un soir, qu'il faisait extrêmement beau, je découvris, à quelque distance, un homme bien-mis, qui semblait m'examiner avec attention. Je m'élançai plus vigoureusement que de coutume de la pointe de sable, qui s'écroula tout-à-coup, et me couvrit de ses débris. Le sable, qui m'embarrassait, m'empêchait de nager; je m'agitais inu-

tilement dans l'eau ; bientôt je
perdis la tête et coulai à fond.
Lorsque mes yeux se rouvrirent
à la lumière, et que je recouvrai
le sentiment de mon existence,
je me trouvai sur le sable, assisté
par ce même homme que j'avais
auparavant remarqué, et dont
les habits, encore tout trempés,
attestaient mon libérateur.

Cet homme, comme je l'appris
depuis, était un médecin anglais,
que l'amour de l'histoire naturelle avait attiré dans les Indes
occidentales, et qui s'en retour-
nait à la maison, après une course
botanique, lorsqu'il me vit assis
sous le palmier. Il avait sauvé
un de nos plus considérables plan-

teurs , attaqué d'une maladie qu'on regardait comme mortelle. Il me conduisit à la maison de campagne de ce particulier , attendu que nous en étions moins éloignés que de la ville. Comme fils du gouverneur , je fus reçu avec politesse par mes nouveaux hôtes , que j'oubliai pourtant, perdu dans la contemplation de mon sauveur , dont l'extérieur m'offrait un ensemble aussi extraordinaire qu'intéressant.

John Clarton , c'est ainsi qu'on l'appelait , était un homme de trente ans, d'une taille médiocre, mais qui annonçait la vigueur; ses yeux noirs et vifs avaient une expression très-animée; il parlait peu, et ce peu avec rapidité ; toute sa démarche annonçait une espèce de désordre qui, pourtant, n'était point de l'agitation. Ce serait un tableau intéressant de montrer comment l'esprit de cet homme devina le mien avec rapidité, tout en se dérobant à mes propres recherches. Je me bornerai à te rendre compte du résultat de notre intimité, qui dura environ six mois, et qui eut la plus grande influence sur le reste de ma vie.

John Clarton fut un ange de lumière pour mon esprit encore environné des ténèbres de l'ignorance et des préjugés. Si ma raison s'est dégagée de tous les rêves mythologiques et méta-

K 5

physiques, dont celle du commun des hommes est obscurcie, c'est à lui seul que j'en suis redevable, c'est à lui que je dois les idées de liberté et de dignité humaine que j'ai conçues, environné de millions d'êtres dégradés, qui baisaient la verge du despotisme. Enfin, si les principes qui me portent à agir et à m'abstenir, sont indépendans de la considération d'un être supérieur et de l'attente d'une éternité, c'est lui que je dois en remercier. En un mot, John Clarton fut pour moi l'apôtre de la vérité.

Ce qui facilita à sa philosophie l'entrée d'une tête encore vuide d'idées, fut précisément ce qui lui eût opposé les plus grandes difficultés de la part d'une imagination formée. J'avais été instruit à croire et non pas à penser. Tous ces nœuds subtils, par lesquels des sectes mitoyennes se sont exercées à lier ensemble les vérités naturelles et les propositions surnaturelles, m'étaient absolument inconnus. J'étais trop catholique pour rabattre la moindre chose de ma croyance. Mais un docteur, qui ne croyait rien du tout, trouva peu de peine à faire de moi son prosélyte.

L'accident qui me l'avait fait connaître forma bientôt une liaison entre mon père et le parti-

culier opulent qui m'avait ac-
cueilli. Celui-ci avait une fille
unique, qui devait, après sa
mort, recueillir une immense
succession. C'était une jeune personne de quatorze à quinze ans,
formée de bonne heure, comme
on l'est dans ces climats, pleine
de feu, et, d'ailleurs, douée
d'une éducation européenne.
Mon père m'interrogea particulièrement sur mes sentimens à
son égard, et fut ravi quand je
lui fis l'aveu d'un amour où mes
sens avaient probablement beaucoup plus de part que mon cœur.
Je fis part de cette circonstance à
mon Anglais. Tout-à-coup cet
homme, que jusqu'ici j'avais regardé comme inaltérable, change

de couleur, sa tête s'égare, et il me supplie de le laisser seul. A l'instant je sors. Au bout d'un quart d'heure il revient à moi, et m'avoue, sans réserve, qu'il est éperdument amoureux de la jeune personne ; qu'elle seule le retient dans les îles, et qu'elle serait à lui depuis long-tems, si son père, né d'une famille médiocre, n'avait point résolu d'ajouter à son opulence les avantages d'une alliance avec un Grand-d'Espagne. Il ne me fallut aucune réflexion pour rassurer Clarton sur mon compte.

Mais ce n'était pas une mince entreprise, de détourner l'exécution d'un projet sur lequel les

deux pères étaient déjà d'intelligence : Clarton n'osait, d'ailleurs, déclarer ses desseins. Nous
poursuivîmes, pendant quelque
tems, nos intrigues ; mais, à la
fin, mon père me parla ouvertement ; blâma ma conduite vis-à-
vis de la jeune fille, et me dé-
clara que notre mariage était
arrêté. J'eus beau m'épuiser en
protestations, malgré mes vingt
ans, on me regarda comme un
enfant, et l'on rejeta mes prières,
qui se bornaient à un délai qu'on
regarda comme superflu.

La situation dans laquelle nous
nous trouvions les uns vis-à-
vis des autres, aurait peut-être
encore duré quelque tems. Nous

ressemblions aux chevaliers en-
chantés du château d'Alcine,
qui restaient des années entières
réunis dans le même palais,
sans se reconnaître. Il n'eût fallu,
pour cela, qu'un peu plus de
prudence dans le commerce de
mon ami avec sa maîtresse. Mais
leur intelligence fut trahie. Les
deux pères ouvrirent tout-à-coup
les yeux, et leur rage s'unit pour
accabler le pauvre Clarton. Sans
égard pour les services qu'il
avait rendus à moi-même et à
mon beau-père prétendu, il fut
congédié de la maison. Tout
alors me retomba sur les bras;
mais je ne pouvais me résoudre
à abandonner l'homme que je
regardais comme mon prophète,

et pour qui je ressentais la plus enthousiaste reconnaissance. Il s'en suivit des explications fâcheuses entre mon père et moi; et bientôt Clarton disparut soudainement, sans qu'il m'ait jamais été possible de savoir quelle a été sa destinée.

On me laissa exhaler ma douleur. Aussi-tôt que je commençai à reprendre un peu de tranquillité, mon père me parla d'une manière très-modérée, et renouvela ses anciennes propositions. Je les refusai net, résolu de ne jamais fonder mon propre bonheur sur les ruines du malheureux que j'avais, involontairement, précipité. On traita

mon refus comme une plaisanterie. Alors je fis le plus horrible serment de mourir plutôt
que de profiter des dépouilles de
celui qui m'avait sauvé la vie
et dont le génie avait éveillé le
mien. Le courroux de mon père
franchit toutes les bornes, il me
traita d'enfant dégénéré, de bâ-
tard, voulut me maltraiter et
finit par me défendre de repa-
raître jamais devant ses yeux.
Je reçus ces ordres avec la rage
muette du désespoir, et montant
dans ma chambre pour rassembler ce que je pouvais avoir d'or
et de bijoux, je la quittai bientôt pour courir au port. Si le
ciel eût voulu qu'aucun vaisseau
n'eût mis à la voile ce jour-là,

quelle différence cette seule circonstance eût pu mettre dans
mes destins ! Mais notre sort
dépend d'un moment. Un na-
vire français qui partait à l'instant même, me prit à bord, et
au bout d'une heure, les côtes
de l'île n'offrirent plus qu'un
nuage à mes yeux.

Nous allions à Brest, et ce
voyage devait nous prendre au-
delà d'un mois.

J'avais assez de quoi m'occuper dans la solitude où je ne
voyais que le ciel et l'eau, si
j'avais voulu réfléchir sur ce que
j'avais fait et sur ce que j'avais
à faire désormais. Mais, je me
livrai à peu d'inquiétude sur ces

deux points. J'étais content de
moi-même, et j'embrassais d'a-
vance, en idée, mon ami le Sicilien.

Suivant l'usage, nous rela-
châmes au bout de quelques jours
au Port-au-Prince, chef-lieu de
l'île de Saint-Domingue, où mon
capitaine avait quelques affaires
à régler. Pendant que le vaisseau était à l'ancre, je parcourus
la ville avec quelques autres pas-
sagers qui cherchaient, comme
moi, à passer le tems. Je ne
trouvai rien, d'abord, qui fût
digne d'attirer, particulièrement,
mon attention. Mais, quelques
heures avant l'instant du départ,
mon âme recueillit assez de ma-
tière pour s'occuper ensuite pen-

dant toute la traversée. Un bateau, équipé pour une partie de plaisir, qui, depuis long-tems, avait attiré les regards des gens du port, pendant qu'il s'avançait au bruit des cimballes et des trompettes, heurta tout-à-coup contre un grand bateau qui venait à sa rencontre, et qui le fit chavirer. Tous ceux d'entre nous qui étaient en état de porter du secours, se précipitèrent dans des barques ; mais toute notre bonne volonté eût été de peu d'utilité à ceux d'entre eux qui ne savaient point nager, si les esclaves du bateau chaviré ne fussent venus au-devant de nous, supportant, au-dessus de l'eau, leurs maîtres et leurs maîtresses, jusqu'à ce que nous fussions à portée de les recevoir dans nos barques.

Parmi les personnes que nous avions délivrées, plusieurs Dames élégamment habillées, toutes presque mortes, fixèrent particulièrement nos soins. Mes efforts, également répandus sur toutes, m'avaient empêché d'examiner particulièrement une belle évanouie que nous avions prise dans notre bateau. Mais quand le tumulte fut appaisé, et qu'il n'y eut plus personne à sauver, je me tournai vers elle : elle était sur son séant, pâle comme un ange endormi, les yeux fermés, et ses habits mouillés pressaient, en se drapant, des formes aussi élégantes que les chef-d'œuvres de l'antique. Deux matelots plus attentifs et plus respectueux que ne le sont ordinairement les gens de cette profession, la supportaient, tandis que l'un d'eux lui frottait les tempes avec son mouchoir de soie brun. Elle revint à elle lorsque je la pris dans mes bras pour la sortir du bateau ; ses yeux s'arrêtèrent sur moi en se rouvrant à la lumière, et à l'instant même j'entendis le signal du départ qui me rappelait au vaisseau.

Je ne partis point comme j'étais arrivé ; je m'en apperçus

bientôt, et surtout lorsque , sans savoir pourquoi , mes regards inquiets mesuraient, au loin, les vagues orageuses de l'Océan. Je me reprochais follement de n'être point resté au Port-au-Prince, où je ne pouvais manquer d'occasion pour aller en Europe. Au bout de sept semaines , nous vîmes les côtes de France, et je me promis bien, aussitôt que j'aurais visité mon ami, de repartir pour Saint-Domingue.

Le cœur de l'homme se perd dans des châteaux aériens, lorsqu'il quitte la réalité pour s'abandonner à des désirs chimériques. Mon premier pas, sur le sol européen, rappela si vive-

ment l'image de cet ami, dont
aucune mer ne me séparait plus,
à l'exception du court trajet de
Naples en Sicile, que mon âme,
volant à travers la France et
l'Italie, voyait déjà mon cher
Saint - Julien, et ne cherchait
plus que l'expression de sa joie.
Quand je le revis à Palerme,
l'instant qui le remit dans mes
bras, plongea comme dans un
nuage le tems de notre sépara-
tion, et je ne sentis plus que la
douceur d'être réunis.

Mon ami était entré dans la
marine, service pour lequel il
avait toujours eu de l'inclination. Son tuteur, chez lequel il
demeurait, occupait une place
considérable

considérable dans l'administration de Palerme : c'était un
homme de mérite et de fortune,
qui donnait le ton au monde
brillant qui l'environnait. Je fus
présenté à toutes les Dames
comme un nouveau Pylades qui
avait abandonné un autre hémisphère pour rejoindre son ami ;
et j'éprouvai que l'héroïsme,
vrai ou imaginaire, tempéré par
de plus douces vertus, a les
droits les plus sacrés sur le
cœur des femmes. Je sentais,
avec peine, que je ne méritais
pas l'honneur qu'on voulait bien
me faire ; mais l'impossibilité
de désabuser la foule, sans lui
découvrir les véritables motifs
de mon voyage, me contraignit

de lui laisser son erreur. Cet aveu, que je fis à mon ami seulement, était particulièrement lié avec mes nouvelles idées politiques et métaphysiques; ou bien, pour me servir du langage de Clarton, avec le triomphe de ma raison sur les tyrans visibles et invisibles. L'orgueil d'enseigner ce que je venais d'apprendre moi-même, m'inspirait, et cette inspiration doublant en moi la masse des lumières, je m'éclairais moi-même en présentant à mon ami le flambeau de la vérité. Dans le cours de nos études, j'eus occasion aussi de faire de nouvelles observations sur l a différence de nos caractères. Naturellement porté à l'impétuosité, lorsque tout est calme et indifférent autour de moi, je retournais à la raison et à la prudence aussi-tôt que mon ami se livrait à l'essor de son enthousiasme.

Oh! si le moment de l'inspiration pouvait être aussi celui de l'expérience! jamais un couple de frères ne se réunit pour de plus nobles desseins. Le résultat de nos rêves politiques était d'affranchir la Sicile, la plus belle de toutes les îles, du joug de l'Espagne, d'y établir la liberté et l'égalité républicaines, d'en chasser les prêtres, et d'y consacrer une religion, fondée sur la raison, où tout homme serait

son propre prêtre, et adorerait
son Dieu à sa manière. Nous
avions pourtant conservé assez
de bon sens dans ce bouleverse-
ment de notre imagination, pour
sentir que l'exécution d'un semblable projet demandait des
hommes faits, et non pas de
jeunes étourdis. Nous résolûmes
donc de la remettre à des tems
plus éloignés, et nous commençâmes très-sérieusement nos préparatifs par l'étude de Machiavel
et des Auteurs romains.

La politique, cependant, fut
contrainte à marcher de front
avec la galanterie. Mon ami
pensait assez légèrement sur le
compte des femmes, et l'expé-

rience lui en avait donné le droit jusqu'à un certain point. L'exemple n'a jamais entraîné mon opinion, et le sien n'influa point sur la mienne. Mais une foule d'anecdotes du beau monde de Palerme, et quelques épreuves personnelles, qui contribuèrent à me les rendre plus croyables, produisirent quelque altération dans ma manière de penser. C'est-là que je rassemblai les matériaux qui, depuis, ont fondé mon opinion sur le sexe.

C'est ainsi que se passa une des plus heureuses années de ma vie. Inséparable de mon ami, nous poursuivions le cours de nos études, et j'apprenais le

service de mer, tant pour m'ouvrir une entrée dans le monde
politique, que parce que l'ar-
mement d'une flotte faisait partie
de nos projets à venir. Comme
j'étais avantageusement connu
des grands, j'obtins, plutôt que
je n'avais lieu de l'attendre, le
droit de porter cet uniforme que
j'avais tant souhaité.

On devait envoyer en croisière
contre les pirates. Mon ami n'eût
point de cesse que nous ne fussions réunis dans le même parti;
et nous soutînmes avec honneur
notre première caravane. Après
avoir long-tems croisé sur la mer
Méditerranée, nous rencontrâmes
enfin deux galères Tunisiennes,

que nous amenâmes dans le port
de Naples, après un combat
sanglant. Ma conduite, pendant
l'engagement, eut d'heureuses
conséquences. Le chef de notre
petite escadre eut la bonté de
parler de moi : le Roi me fit
paraître devant lui, m'honora
de quelques présens, et me char-
gea du commandement d'une
frégate.

Le moderne Pylades (car les
belles Siciliennes n'avaient point
encore oublié ce nom) fut de nouveau, à son retour, le sujet des
entretiens de Palerme. La fortune semblait épancher toutes ses
faveurs sur moi ; et nous goûtions,
mon ami et moi, un avenir qui

ajoutait encore aux charmes du présent.

Un soir, par un beau clair de lune, je parcourais, avec mon ami, la promenade où, suivant la coutume du pays, l'on se ras-semble pour goûter la fraîcheur de la nuit : notre critique exa-minait gaîment toutes les fem-mes voilées ou non voilées, dont l'astre du soir relevait encore les appas. Tout-à-coup des traits in-connus fixèrent toute notre atten-tion. Quatre mores, richement vêtus, avec de hauts turbans, escortaient, à pied, une chaise ouverte, dans laquelle étaient assises deux Dames voilées. Deux domestiques étaient derrière la chaise, et leurs habits, galonnés d'or et d'argent, annonçaient l'opulence des maîtres. Nous nous informâmes du nom de ces Dames; mais tous ceux à qui nous adressâmes la parole étaient aussi curieux et aussi peu éclairés que nous. Nous suivîmes la voiture de loin, jusqu'au moment où elle quitta la promenade. Elle s'arrêta devant une maison de belle apparence. La Dame qui descendit la première, jeta son voile en arrière, et nous nous regardâmes réciproquement. La plus vive surprise en fut bientôt la suite; mais avant que mon esprit eût pu se rappeler que c'était la même Dame à qui j'avais sauvé la vie à Saint-Domingue, elle était déjà rentrée dans la maison.

Me voici , cher Donamar , arrivé à la seconde partie de mon histoire ; mais toute ma vie ne suffirait pas pour t'en développer le contenu ; c'est à toi de suppléer aux traits que je suis obligé de laisser en arrière, et nous réserverons de plus amples éclaircissemens pour nos conversations futures. Je ne te donne ici absolument qu'une gazette.

Quelques jours s'écoulèrent, et bientôt le bruit de l'arrivée des deux Dames Créoles se répandit dans toute la ville de Palerme. Nous fûmes quelque tems sans connaître leur nom et leur

condition ; ce ne fut qu'au bout
de trois semaines , que je les
rencontrai dans une des premières maisons. La plus âgée se
nommait la Marquise de Poncet ;
et la plus jeune, qui était sa
nièce , portait le nom de Gabrielle de Montluçon. Personne
ne put pénétrer les motifs qui
les avaient portées à choisir pour
retraite un pays où elles ne con-
naissaient personne, et n'avaient
elles - mêmes aucune connaissance. On se permit d'abord quelques mauvais propos. Mais la
tournure distinguée de la Marquise et la modestie de sa nièce
mirent bientôt un terme à ces
vains bruits. Sans s'arrêter au
mystère dont elles étaient enve-

loppées, on les prit pour ce qu'elles étaient réellement : elles brillèrent dans les meilleures sociétés, et furent bientôt entourées d'admirateurs.

J'eus à suivre tout l'apprentissage de l'amour, toutes les nuances du desir, du découragement et de l'espoir, avant que le premier baiser de ma Gabrielle m'élevât sur le trône du bonheur, et me fît regarder tout l'univers en pitié.

Mon ami, qui ne pouvait me suivre dans cette carrière fortunée, ne troubla ma félicité par aucun appel à nos anciennes maximes. La Marquise me voulait

lait du bien , et le plus doux
mystère assurait mon bonheur.
Mais quoique le cœur de Gabrielle fût entièrement en ma
possession , elle ne me découvrit
que quelques fragmens de son
histoire ; elle était d'une famille
allemande ; orpheline et sans
fortune , elle s'était engagée ,
par serment , à taire son nom de
famille , et dépendait absolument
de la Marquise. Celle-ci l'avait
choisie pour son héritière , sous
la condition expresse qu'elle ne se
marierait point sans son consentement. L'intérêt n'a jamais été
mon mobile ; et des circonstances
aussi extraordinaires étaient plutôt faites pour rassurer mon âme
que pour lui ôter sa tranquillité.

Tome II.   M

Mais rien n'était plus difficile que d'engager la Marquise à consentir à mon union avec Gabrielle. Car cette Dame, fort éveillée sur le soin de ses propres intérêts, avait déclaré que Gabrielle n'avait rien à attendre d'elle pendant sa vie, et qu'elle n'accorderait jamais sa main à un homme obligé d'attendre l'instant où elle mourrait, pour assurer à sa femme un état brillant.

Que pouvais-je faire dans l'état incertain où ma fortune était réduite? J'avais plusieurs fois écrit à mon père; mais aucun vaisseau ne m'avait rapporté de ses nouvelles.

Pendant qu'au milieu dé tous ces motifs de découragement, je n'avais d'appui que l'aveugle confiance, compagne ordinaire de la jeunesse, les corsaires recommencèrent leurs déprédations. Nous reçûmes ordre de la cour de partir avec une escadre pour aller bombarder Tunis. La gloire et l'honneur m'ouvraient la carrière, et mon cœur entrevoyait l'espérance flatteuse de pouvoir bientôt présenter à ma Gabrielle l'offrande de ma main, et celle d'une fortune honorablement acquise au milieu des armes.

Deux jours après notre départ, une horrible tempête dispersa notre escadre, La frégate que je

commandais, lutta avec succès,
pendant six heures contre la
violence de l'orage. Il s'appaisa;
mais nous nous trouvions seuls.
Après beaucoup d'efforts pour
rejoindre l'escadre dont nous fai-
sions partie, nous découvrîmes
deux vaisseaux et travaillâmes,
vigoureusement pour les atteindre. Quel fut notre étonnement
de reconnaître en eux deux
galères barbaresques ! Un combat inégal s'engagea. Je fus
renversé sur le pont, par un
coup de feu : la confusion se
mit dans l'équipage et hâta notre
perte : les Barbares nous assail-
lirent le sabre au poing, et je
me trouvai dans les fers en re-
prenant connaissance.

Je fus vendu à Tunis, à un vieil Aga. Quoiqu'il me gratifiât aussi de l'épithète de chien de chrétien, je ne pus me défendre de quelque confiance dans ses traits vénérables. Mais, je perdis bientôt l'espérance quand je me vis, avec mes compagnons d'esclavage, conduit dans l'intérieur des terres où étaient situées ses possessions. Comment pouvais-je imaginer que ma rançon parviendrait à une semblable distance. Le vieil Aga nous suivit bientôt, et son arrivée me tranquillisa assez pour me faire abandonner le projet que j'avais formé de quitter une vie odieuse.

M 3

J'essuyai, pendaut les premiers jours qui suivirent mon
arrivée, le même traitement que
les autres esclaves. Mais aussi-
tôt que l'Aga, grand amateur
de musique, comme tous les
Orientaux, apprit que je jouais
de plusieurs instrumens, il me
mit à l'épreuve sur un flageolet
barbaresque, et fut assez content
de moi pour m'affranchir de
toute espèce de travaux serviles.
Mais que m'importait ce faible
adoucissement dans la rigueur
de mon sort ? Les loisirs auxquels
j'étais livré ne faisaient qu'accroître en moi le sentiment de
mes douleurs.

Le bon vieillard remarqua

bientôt combien l'expression de ma figure s'accordait peu avec les airs enjoués par lesquels je cherchais à l'amuser, et sembla vouloir me consoler ; mais la différence de nos langages rendait tous ses efforts inutiles. Quelques mois s'écoulèrent avant que j'eusse pu rassembler assez de mots turcs et arabes, pour comprendre combien mon maître me voulait de bien. Cependant, il me témoignait tous les jours plus d'amitié, s'empressait de me distraire de mes peines, et me faisait souvent des cadeaux. Enfin lorsque nous pûmes tenir quelque conversation ensemble, son inclination pour moi alla toujours en augmentant, et il me montra une tendresse véritablement paternelle.

Je sus alors qu'on n'avait point encore proposé de rançon pour moi. Et mon maître me donna à entendre qu'il ne me refuserait rien de ce que je pourrais désirer; mais qu'aucune somme d'argent ne pourrait l'engager à renoncer à moi. Ainsi cet attachement, que j'avais regardé comme le plus grand bienfait de la providence, devint tout-à-coup la source de mon désespoir.

Au bout d'environ dix-huit mois, mon patron qui, depuis long-tems, ne me traitait plus en maître, fut attaqué d'une maladie mortelle. Son médecin, Juif, lui conseilla de mettre ordre à ses affaires. Comme il était sans enfans, il partagea ses richesses entre les femmes de son harem, me donna la liberté avec cent mille sequins, et me recommanda de ne le point quitter avant de lui avoir fermé les yeux. Excellent cœur ! Généreux Yousouf ! ton nom rappellera sans cesse tes bienfaits et ma reconnaissance. J'arrivai bientôt à Palerme avec mes richesses ; je pressai mon ami dans mes bras , et cette instant fut le dernier de ma vie où je goûtai un bonheur pur.

Quoique Gabrielle m'eût pleuré

comme mort , elle avait refusé
plusieurs partis considérables qui
s'étaient présentés , appuyés du
consentement de la Marquise.
Cette conduite l'avait brouillée
avec sa bienfaitrice , et elle avait
été forcée de se retirer dans un
cloître. Le jour où elle devait
prendre le voile était déjà désigné. Cette nouvelle ne m'effraya
point. Je savais que l'enlèvement d'une none n'offrait pas de
bien grandes difficultés. Mais au
lieu de réfléchir sur les moyens
de retirer à l'amiable , des mains
des prêtres , une proie assez belle
à la vérité pour leur coûter quelques regrets , je pris dès le premier abord une résolution que
j'aurais dû regarder comme ma

dernière ressource. Mon ami fut
de mon avis, et nous fimes ap-
prouver notre démarche par Gabrielle, à qui Saint-Julien avait
trouvé le moyen de faire remettre
un billet. Trois jours après, devait se célébrer la fête de Sainte-
Rosalie. Nous choisîmes le soir
de la veille pour notre entreprise, que devaient favoriser les
préparatifs de la solemnité.

Pour comprendre la suite de
cette affaire, il est nécessaire
que tu sois instruit de deux
circonstances particulières. A
mon départ de Tunis j'avais
payé la rançon d'un esclave qui
se disait Sicilien. Je l'attachai
à mon service et crus que ce

drôle, qui me semblait rusé, pourrait m'être de quelque utilité dans le cours de mes différentes intrigues. Je comptais moins sur sa reconnaissance que sur son intérêt particulier, sans songer qu'il était possible que son intérêt fût un jour de me trahir. D'un autre côté, pendant mon absence, mon ami avait inconsidérément cherché à propager nos opinions politiques et religieuses parmi quelques jeunes gens, sans faire assez d'attention au tribunal de l'inquisition qui, s'il n'est plus aussi sanguinaire qu'il l'était autrefois, est encore assez redoutable pour mériter les plus grands ménagemens.

Quand le moment fatal fut arrivé, le vaisseau prêt dans le port, et tout en ordre par les soins de mon Sicilien, je montai en carrosse avec mon ami, et escorté de quelques domestiques armés, nous arrêtâmes à quelque distance du couvent. Le Sicilien, déguisé en commissionnaire, devait, sous quelque prétexte, s'introduire dans le monastère, et donner à Gabrielle le signal convenu. A l'instant où je commençais à m'impatienter, arrive mon Sicilien qui nous conjure par tous les saints du paradis, d'attendre dans une rue détournée si nous ne voulons pas ruiner tous nos projets. Nous suivons aveuglément son conseil. Quel-

ques minutes après, il revient
à nous ; nous dit, en courant,
que tout va bien, nous exhorte
à un moment de patience et disparaît. Qui aurait pu soupçonner
les desseins de ce scélérat ? Cette
heure d'attente fut la plus pénible de toute ma vie. Elle se
passa, et cependant le maraud
ne revenait point. Mon ami commença de concevoir quelques
soupçons. Nous quittâmes la voiture et courûmes à la porte du
couvent où nous ne trouvâmes
personne. Pendant que nous ro-
dions de côté et d'autre, furieux
et égarés, une troupe avec des
armes et des flambeaux fond sur
nous. Nous voulons résister, mais
nous sommes entourés, et le

chef prononce l'épouvantable for-
mule : *Au nom de la sainte inquisition.*

Maintenant, cher ami, mon
histoire est finie. A compter de
cet horrible moment, je ne puis
point dire que j'aie vécu. Je n'ai
fait véritablement que languir
accablé par la foule successive
des plus cruelles sensations.

Mon ami mourut au bout de
cinq mois de prison. Je ne l'ai
jamais revu. Son tuteur, après
quatorze mois, trouva moyen
de corrompre un geolier par le
don de la moitié de ma fortune
que je lui avais confiée. Ma tête
fut mise à prix. Dans l'asile où
je m'étais réfugié, je reçus une

lettre qui m'apprit la mort de
mon père. Je sus d'ailleurs que
le soir même où j'avais été mis
en prison, Gabrielle avait disparu, et qu'on n'avait aucune
nouvelle de son sort. Depuis
ce tems, j'ai en vain essayé d'en
retrouver quelque trace, et j'ai
dû croire qu'elle avait péri.
Mais quelque tems après ton
départ, j'ai reconnu dans un
déserteur français, un de mes
anciens domestiques qui m'a
assuré avoir vu, il y a un an,
Gabrielle à Valenciennes, dans
la Flandre française. Elle s'était
montrée à une fenêtre vis-à-vis
du pont où il était en faction,
et l'avait attentivement examiné.
Il n'en savait pas davantage.

LETTRE XXXVI.

Le Comte Donamar à St.-Julien.

Leipsic, le 28 Février
1759.

Ou es-tu maintenant, pauvre fugitif, tant poursuivi par le destin ? Rends-moi les larmes que ma compassion t'a prêtées. C'est bien maintenant que nous sommes frères.

Avant d'avoir appris tes infortunes, je croyais te connaître. Je croyais avoir apprécié ta prudence, et mesuré l'étendue de ton génie.

Pauvre étourdi ! Avais-je cette expérience nécessaire pour évaluer la tienne ? Parce que j'avais beaucoup vu, beaucoup entendu ; j'imaginais savoir quelque chose. Voir et entendre ne suffisent point pour l'expérience ; il faut, pour devenir sage, être trompé : trompé par ceux que nous chérissions, et en qui nous avions placé notre foi ! Pauvre Saint-Julien ! cet ordre pervers de choses a triomphé de ton génie. Mais aussi, sais-tu bien ce que c'est que d'avoir sacrifié le bonheur de sa vie à sa confiance dans la vertu des hommes ?

Je reste comme une ombre dans ce séjour de la vie. Semblable à un fantôme aërien, j'étends des bras impuissans, qui ne peuvent rien saisir ni rien arrêter. Tout ce qui est n'existe plus pour moi. La nature n'a plus de pouvoir sur mon cœur. Ma patrie me semble aussi éloignée de moi que les montagnes du Pérou. C'est seulement pour sentir mon néant que je m'attache, pendant quelques minutes, à de vagues rêveries ; et lorsque, par hasard, je tombe sur une pensée digne de m'occuper, elle s'échappe à l'instant, et je ressemble à l'enfant qui regarde avec douleur son oiseau qui vient de s'envoler.

Que ne puis-je, en perdant

mes idés, oublier les vœux d'un
cœur qui s'obstine à me trahir!
mais le souvenir de mon bonheur passé revient sans cesse
m'accabler. Je ne puis me déta-
cher de l'objet que je déteste.
O mon ami ! peux-tu m'expliquer ma propre situation?

Le 1er. Mars.

Il faut faire un effort, et entreprendre enfin ce cruel récit.

Tu trouveras ci-jointe une
lettre que Seltitz m'adressait.
Lis-là, et souffre ensuite que je
continue.

Quand le lieutenant Ez*** me
vit entrer dans la chambre avec

le porte-feuille rouge, il resta immobile comme une statue. Un frisson involontaire se glissa dans tous mes membres. J'avais arrangé d'avance toutes les expressions dont je voulais me servir.

Il me regarda d'un air douloureux et égaré; et me dit, en prenant le porte-feuille : « vous ne l'avez point ouvert ? »

Je me contins. — « On me l'a remis fermé. »

Il se promena dans la chambre pendant que je lui racontais l'histoire du porte-feuille, telle que Seltitz me l'avait transmise. Il remarqua mon air contraint.

— « Fort bien, » dit-il, « il faut nous entendre. » Alors il ouvrit la serrure, prit les lettres, qu'il regarda l'une après l'autre, les plaça sur la table, sans dire un mot, et sortit par une porte de côté. Quelque disposé que je fusse à des emportemens, la contenance de cet homme me plut.

Il rentra avec deux pistolets, qu'il plaça auprès des lettres.

— « Maintenant, M. le Comte, une petite question. Je suis fâché de m'y voir obligé. Vous pouvez vous en offenser, quoique je n'aie point l'intention de vous blesser. Dans ce cas je vous dois une satisfaction. »

Il montra les pistolets. — « Etes vous autre chose que l'ami de Madame de Wallenstädt ? »

La douleur empreinte sur sa figure arrêta le mouvement de mon bras.

— « Avez - vous le droit de me faire une semblable question ? »

Il jeta un regard sur les lettres. — « Le droit ! si vous avez celui de me répondre, par la même question, je dois l'avoir à plus forte raison. La mine doit partir, et je crains bien qu'elle ne nous emporte tous deux. J'en sais déjà assez pour tout risquer avec vous.

Lisez cette lettre, il s'ensuivra
ce qu'il pourra. »

Une lettre de la main de Laurette ; une lettre brûlante d'a-
mour ; une lettre qui rappelait
les plus affreux souvenirs, m'é-
veilla tout-à-coup au sentiment
de mon malheur. A peine pouvais-je lire à travers le nuage
dont mes yeux étaient couverts.
Pourtant je la lus deux fois, et
je cherchais à rapporter les dates.

Enfin, transporté de fureur,
je m'écriai : « nous sommes tous
les deux tombés dans l'abîme! »

— « Assurément ! » répondit
sur le même ton Ez***.

Aussi

Aussi sûr qu'il l'est que nous sommes tous les deux trompés par la dernière des femmes. — « En voulez-vous davantage ? suivez - moi. » Il ne me suivit point ; et l'heure n'était pas écoulée, que j'avais déjà quitté Berlin.

Le 4 Mars.

J'ai relu ses lettres, hier au soir, et je ne me rappelle pas, dans toute ma vie, d'avoir goûté un sommeil aussi doux que je l'ai fait cette nuit.

Ainsi tout mon bonheur n'était qu'artifice ; une représentation de comédie, dans laquelle j'ai joué un rôle secondaire ; un rôle traîné dans la poussière pour relever plus naturellement l'éclat du premier acteur. Oui, quand les rouages de la machine auraient encore été plus délicats, et la pièce mieux combinée, tout n'était qu'un jeu. J'ai révéré la majesté d'une couronne de papier doré. Je me suis laissé effrayer par des éclairs de coulisse.

Mais quoi? le nuage magique s'est dissipé, et l'illusion a disparu. L'horison s'est éclairci. Infortuné! tâche de n'y plus voir Laurette, l'horison conservera sa sérénité.

Aurais-je déjà oublié un objet aussi beau, et revêtu des charmes

de l'innocence ? Ne penserais-je
plus à cette apparition du bois,
l'idole de mes songes, avant que
je susse l'existence d'une Laurette de Wallenstädt? Je l'ai revu
ce fantôme ; je l'ai revu au
moment où j'allais monter en
voiture pour sortir de Potsdam ;
mais je n'ai rien pu savoir, sinon
qu'elle allait à Berlin ; et pourtant je me suis senti frappé de
cette seconde apparition.

Le 7.

Je vais à l'armée du Duc Ferdinand , prêter une assistance
automate à ceux qui purgent
notre patrie de l'invasion des
Français. J'avais d'abord envie
de me faire hermite ; mais je

me connais , et je sens que je
suis trop à l'étroit avec moi-
même. Et les esprits , les dé-
mons , qui me tourmentent nuit
et jour , auraient bien plus beau
jeu si j'étais renfermé dans une
cellule.

LETTRE XXXVII.

*Laurette de Wallenstädt à la
Marquise de Fougères , à
Cassel.*

Berlin , le 6 Mars.

QUELLE muse ou quel génie
vous a inspirée, ma bonne amie,
quand vous avez écrit cette lettre,
aussi spirituelle qu'amicale , que

j'ai reçue aujourd'hui ? En vérité, il y a quelque chose de si brillant dans la manière dont vous entremêlez les railleries et la consolation, que je ne puis accuser une mortelle de l'avoir dictée.

Il faut bien que je tourne en badinage l'air sérieux que vous prenez en déplorant ma douleur ; il le faut pour conserver à votre esprit un crédit qu'il perdrait à jamais sur le mien, si je pouvais penser que vous m'avez réellement jugée digne de pitié.

Dites-moi donc qui vous a rendu un compte si exact du Comte Donamar et de mes rapports avec lui ? Je ne pourrais

N 3

pas, moi-même vous en dire davantage. Vous pouvez, en toute
sureté, me nommer votre nou-
velliste, sans craindre de m'ir-
riter contre lui. Je suis, d'honneur, charmée que les hommes
soient assez fous pour s'informer
de mes petites affaires domestiques, avec autant d'empressement qu'ils en mettent à pénétrer
les secrets d'état. J'aime à voir
les nouvelles de mes amourettes
former, dans les pays étrangers,
un sujet d'entretien aussi intéressant que les batailles et les
révolutions.

Mais que vous a-t-on appris
sur mon compte, et sur celui du
cher Donamar? que je lui avais

donné des preuves de la plus grande confiance ? Ces nouvelles sont fort exactes, et j'y puis ajouter que Donamar est, de tous les hommes celui qui a le mieux mérité cet honneur. On vous a dit qu'il était amoureux, fou de moi, rien de plus vrai ; et, j'espère, avec l'assistance de toutes les divinités protectrices de l'amour, que ces sentimens ne s'éteindront point. On ajoute que je, suis passionnément éprise de lui : c'est ici que l'historien commence à clocher ; car Laurette de Wallenstädt ne s'éprend point, mais elle connaît ce qui convient à sa manière d'être, et sait se l'approprier aussi absolument qu'elle le peut.

Depuis long-tems, chère amie,
vous connaissez et Laurette et
sa façon de penser ; vous savez
le jugement que j'ai porté sur
les hommes , et vous avez eu
occasion de vous appercevoir
que ma conduite est toujours
d'accord avec mes opinions. Je
sais apprécier l'esclave fidelle
des services duquel j'ai lieu
d'être contente, et je ne lui
envie point sa juste récompense.
C'est sur ces principes que, depuis plus d'une année, j'ai régi
mon empire ; ce sont eux qui
m'ont conduite au but de l'humaine sagesse , ce grand point
d'éviter l'ennui ; je reposais
mollement sur mon trône, et
mes sujets étaient heureux.

(225)

On choisit un ami pour la vie ; on ne conserve un favori qu'aussi long-tems qu'il nous plaît. J'ai cherché un homme que la nature eût rendu digne d'être mon ami ; il lui fallait un esprit mâle et intelligent ; courage, raison, sagesse et imagination. Du Nord au Sud j'ai cherché ce phénix en vain : mon esprit et mes sens ont donc été forcés de se rabattre au choix d'un favori.

Ne vous impatientez point, ma chère, de ce long récitatif de philosophie. L'ariette de bravoure viendra. Ce que les gens faibles entendent par la volatilité de mon esprit, n'est autre chose

que l'activité continuelle de cet
esprit infatigable qui cherche
une occupation digne de lui.
Où était-il l'homme capable de
satisfaire cette activité ? Ils s'a-
bandonnaient tous à moi, sans
résistance, à l'aveuglette, par
instinct. Au lieu de me faire sentir
les charmes de la victoire, à
peine leur prévenante soumission
me laissait-elle le tems de m'appercevoir de mes efforts. C'était
pour leur propre avantage, c'é-
tait pour réveiller en eux le
sentiment de leur existence, que
je tourmentais ceux qui devaient
toucher au but, avant de permettre qu'ils y parvinssent. Dès
que ces bonnes âmes étaient ar-
rivées à l'accomplissement de

leurs vœux, quel rapport pouvait exister désormais entre eux
et moi ? Aussi, chacun d'eux,
sitôt qu'il avait été admis à
goûter la pomme, était conduit
à la porte du paradis, sûr d'y
trouver l'ange armé du glaive
flamboyant qui devait à jamais
lui en interdire l'entrée. C'est
en suivant cette sage politique
que j'ai vu les désirs survivre
au bonheur ; que j'ai su bannir
l'infidélité de mes limites.

Mais combien eussé-je été moi-
même la dupe de mon plan,
si j'eusse voulu ne jamais offrir
qu'une seule couronne à un seul
concurrent ? La vie est courte,
et combien d'heures inutiles nous

conduisent à une minute de bonheur ? N'était-ce point assez que
chacun des heureux crût être
heureux tout seul. Pourvu qu'il
le fût, qu'importait comment?
Je conduisais le cœur des hommes comme le destin sacré et
inexplicable nous conduit tous.
Chacun servait à mes desseins
dont il se croyait le centre; chacun était aussi heureux que la
nature permettait qu'il le fût,
sans l'être toutefois de la manière dont il le pensait.

J'ai trouvé en mon Donamar,
un homme d'une trempe toute
différente de celle de ces étour-
neaux, à peine capables de vol-
tiger pendant le jour fugitif qui

leur était accordé. Je vis un homme d'un esprit généreux et élevé, un homme digne enfin d'un bonheur plus parfait que ne pouvait le lui procurer cette coupe frivole de nectar, dont j'enivrais mes autres adorateurs.

Si vous eussiez pesé toutes ces considérations, sous leurs différens points de vue, vous eussiez été moins surprise d'apprendre la révolution qu'ont éprouvé mes plans et ma manière de vivre.

Donamar était le seul des hommes qui sentît mon mérite dans toute son étendue, et le seul qui répugnât à se ranger

sous mon pouvoir. Lorsqu'il fut
obligé de le reconnaître, il cher-
cha à se réconcilier avec ma manière de penser comme il l'avait
fait avec ma conduite extérieure.
Mais je sentis la violence qu'il
s'imposait, et les efforts qu'il faisait pour m'aimer. Dans les momens du plus doux abandon,
j'ai pu entrevoir une secrette
aversion pour moi. Bien plus,
j'ai eu lieu de reconnaître dans
tous ses discours. que cette aversion avait des racines trop profondes, pour qu'il fut jamais possible de les extirper ; et que la
moindre négligence leur ferait
pousser de nouveaux rejettons.
Le croiriez-vous, mon amie?
Cette découverte fut la plus heu-

reuse que j'aie faite dans ma vie.
C'est sur elle que j'ai fondé l'espoir de dominer à jamais dans
son cœur. Cette disposition nous
lie si fortement, que la nature
et l'art ne peuvent plus nous
séparer, quoique des forces en-
nemies tendent sans cesse à nous
désunir. Nous serons toute la
vie obligés de nous faire réciproquement la cour; ainsi nous
sommes surs de nous aimer toute
la vie.

Me suivez-vous à la trace, ma
chère amie ? J'hésitai moi-même
un peu, lorsqu'armée comme
Minerve, la pensée d'épouser
cet homme sortit un beau jour
de mon cerveau. Mais accou-

tumée, depuis des années, à
n'obéir qu'à ma raison, je ne
permis à aucun vain préjugé de
la dérober à mon examen ap-
profondi. N'avais - je pas lieu
d'espérer de pouvoir encore
long-tems exercer l'empire le
plus absolu sur les hommes?
Et, cependant, tout en regar-
dant avec complaisance ma jolie
figure dans un miroir, j'enten-
dais la sagesse bourdonner à mon
oreille : tous ces charmes doivent
s'effacer. J'ai bien, il est vrai,
quelques jours encore à passer,
avant que le tems m'avertisse
de son pouvoir destructeur; mais
suis-je assurée de retrouver un
Donamar quand le besoin s'en
fera réellement sentir ?

C'est au printems qu'il faut semer , si l'on veut recueillir en automne. C'était donc une chose raisonnable , non seulement d'épouser Donamar, mais même de l'épouser promptement.

Mais, avant que ma chambre à coucher pût admettre le lit conjugal, il fallait me débarrasser de quelques mortels charmans qui croyaient en avoir reçu la clef des mains de l'Amour même : et ce n'était pas une légère entreprise que de les engager à restitution. Il en existait, parmi eux, qui, sans pouvoir être comparés avec Donamar, m'étaient pourtant trop

O 3

chers, pour que je voulusse les
affliger ; et tel qui pouvait se
glorifier de quelques avantages,
devait être congédié de façon à
ne jamais avoir le courage de
causer. J'avais, entre autres, à
ménager le Lieutenant Ez***,
un jeune cavalier plein de mérite et de courage, le plus beau
et le plus noble des humains,
après Donamar.

Pour augmenter encore les
difficultés, le moment de sa plus
haute faveur se trouva celui où
Donamar obtenait l'entrée de ma
maison et de mon cœur. Je
voulais le tenir en arrière ; mais
il n'était pas homme à se payer
d'évasions, et Donamar fondait

sur moi comme une armée prus-
sienne. Mes sentimens, à l'égard
de ce dernier, étaient déjà de
nature à me rendre pénible la
nécessité d'accorder au pauvre
Ez*** un bonheur, qu'il ne
m'était plus possible de partager
avec lui. Mais le cas était pressant. Si je ne voulais pas que
mes deux Chevaliers fussent
bientôt aux prises, ou, ce qui
eût été bien pis, qu'ils en
vinssent à une explication, il
fallait satisfaire le plus impatient, et, par ce moyen, me
rendre maîtresse de sa crédulité.
De quelque manière que les
prudes puissent envisager la
chose, les faveurs qu'a obtenues
le trop heureux Ez***, n'étaient,

au fond, qu'une offrande faite
à Donamar.

J'avais monté la pente escar-
pée : je croyais atteindre à la
terre promise par un sentier
uni ; et tout-à-coup, lorsque je
pensais pouvoir m'abandonner à
la plus douce tranquillité, mon
héros est parti.

Le coup était trop inattendu
pour ne pas m'étourdir, au
moins pendant une demi journée. Mais la surprise n'a pas
durée plus long-tems. Après
tout, qu'est-il donc arrivé de
si malheureux, si nous considérons la chose dans son véritable jour ? Les cartes me sont

tombées des mains à l'instant
où j'allais jouer *à-tout*. Ai-je
perdu pour celà ? Patience ,
dame fortune ! je vais ramasser
mes cartes l'une après l'autre ,
et nous jouerons ensemble jusqu'à la fin.

Sages de la terre ! pouvais-je
desirer autre chose que cette
occasion de mettre en œuvre
toutes mes facultés, et d'obtenir
une victoire qu'aucune femme
n'a encore obtenue ? Chantons
d'avance mon triomphe !

Qual donna canterà se non cant'io,
Che son contenta d'ogni mio desio?

Il entre dans mon plan de
me soustraire tout-à-coup aux

O 5

yeux de tous mes adorateurs,
et de choisir, pour asile, un
endroit d'où je puisse me procurer des nouvelles de mon
agneau fourvoyé; d'où je puisse
examiner ses pas et ses démarches. Où pourrais-je trouver
une retraite plus convenable
qu'auprès d'une amie sincère,
dont le commerce philosophique
doit m'offrir le dédommagement
le plus doux?

J'irai vous voir, ma bonne
amie; et, dans les premiers jours
de la semaine prochaine, je
compte vous serrer dans mes
bras.

Mais pourriez-vous deviner

qui doit m'accompagner ? Votre
cher compatriote le Marquis de
Cressy est ici. Il cherche conseil et consolation : qui peut les
lui administrer mieux que moi ?
Il ne m'est pas encore tombé
sous la main un semblable Don-
Quichotte. Il traîne toujours à sa
suite sa tremblante Lucrèce, et
court le monde avec elle, sans
perdre patience, quoiqu'il n'ait
pas encore pu obtenir la permis-
sion de lui baiser la main. Le
plus beau de la chose, c'est qu'il
a sur elle les vues les moins équi-
voques ; et qu'il ne la tourmente
ainsi, en tout bien et tout honneur, que pour la réduire à l'é-
pouser de désespoir. Il a beau
être babillard , personne jus-

O 6

qu'ici n'a pu pénétrer où il avait
péché ce beau joyau. La Lucrèce est jolie, il faut en convenir. Elle ne parait pas manquer d'esprit; mais elle en est
si avare, qu'on dirait qu'elle
craint les voleurs pour cette
marchandise. Pauvre Marquis !
si, au lieu du bec de hibou qui
sépare les deux côtés de ta figure,
la nature t'avait fait présent de
quelque chose qui ressemblât à
un nez; si, au lieu des deux
parchemins jaunes qui joignent
tes yeux à ton menton, tu pouvais montrer une paire de joues
vermeilles et bien conditionnées;
si ta tête ne tombait pas si fort
en avant; si tes genoux n'étaient
pas si pointus, qui sait ce que

Laurette aurait pu faire pour adoucir ton malheur ?

LETTRE XXXVIII.

Le Comte Donamar à St.-Julien.

Du camp d'Hersfeld, le 12 Mars.

As-tu quelquefois considéré un incendie, lorsque la flamme s'éteint dans les édifices écroulés, et que la fumée s'élève encore, en tourbillons, de l'amas confus des décombres ? Telle est l'image de mon âme. Pourquoi suis-je maintenant redevenu soldat ? Puis-je alléguer d'aussi nobles motifs que ceux

qui m'entraînèrent au service
de la Prusse ? Suis-je ici à dessein de faire ou d'apprendre quelque chose d'utile ?. Et connais-tu
rien de plus triste qu'un service
mercenaire, où l'on n'est conduit
que par de vulgaires motifs, ou
par le besoin de s'arracher à soi-
même ? Mon cœur répugne à
toute occupation que je n'ai point
embrassée pour l'amour d'elle-
même.

Quelquefois, pendant les veilles
de la nuit, j'éprouve un sentiment plus doux, quand je vois
les étoiles s'avancer sur l'horison
avec tant de lenteur et de régularité. L'esprit, qui maintient
l'ordre dans l'immensité, rap-

pelle mon âme à la confiance,
et je verse quelques larmes.

Le 4 Avril.

Comment se peut-il qu'on s'a-
muse à des spéculations sur la
nature des hommes, lorsqu'on
trouve en soi-même des énig-
mes aussi multipliées qu'inex-
plicables ?

Conserverai-je une ombre de
crédit auprès de toi, en t'a-
vouant que, depuis quelques
jours, je ne songe pas plus à
Laurette de Wallenstädt qu'à
mon inconnue ? Elles ne s'offrent
jamais ensemble à ma pensée ;
mais leur image se succède tour-
à-tour dans mon esprit, et la

dernière à s'évanouir est toujours
l'inconnue.

Encore si c'était tout : mais
j'ai des jours d'égarement, où
je vais jusqu'à m'imaginer que
je n'ai jamais véritablement
aimé Laurette de Wallenstädt;
et que je n'ai ressenti pour
elle qu'une impression vague
et secondaire, à laquelle d'autres attraits m'avaient préparé.
Une voix s'élève dans mon
âme, à peine intelligible et
douce comme le murmure confus de l'espérance; elle ressemble au pressentiment qui me
guidait aux jours de mon enfance, lorsque, jouant à colin-
maillard, je devinais mon ca-

marade en le touchant avec un bâton.

J'eus un songe la nuit dernière ; j'étais malade dans un pays inconnu. Au lieu de médecin, on m'amena un nécromancien, qui vint avec sa longue barbe, et les bras chargés de livres et d'instrumens. Jé lui dis de sortir : mais il développa ses ustensiles ; tira de dessous sa robe blanche plusieurs rouleaux de parchemin, me les tendit l'un après l'autre ; et me dit, en me montrant chacun d'eux : « connais-tu celle-ci, et l'aimes-tu ? » C'était des tableaux qui représentaient de fort belles têtes de femmes. J'en avais déjà considéré une demi douzaine, sans trouver aucune figure de connaissance, lorsque le sorcier me montra un portrait frappant de Laurette.

« L'aimes-tu ? » me dit le Devin. « Oui, » répondis-je. Alors, il m'arracha avec humeur le tableau des mains, empaqueta tous les instrumens, et murmura entre les dents : *c'est un mal-entendu.*

« Un mal-entendu ? » m'écriai-je. Je m'éveillai, et ces mots, *un mal-entendu*, retentissaient encore dans mon oreille. Que veut dire ce mal-entendu ? me demandais-je, et me demandé-je encore à présent.

LETTRE XXXIX.

Saint-Julien à Donamar.

Valenciennes, le 1er. Mars.

Sɪ le souvenir de ton fantôme suffit encore à ton bonheur, je me garderai bien, cher ami, d'employer ma morale à détruire de si douces illusions. J'ai perdu le droit de te donner de bons avis.

Malheureusement trop accoutumé aux orages des passions, j'aurais pu t'offrir le flambeau d'une triste expérience, et du moins faciliter quelques pas de ta route, si je n'avais pu l'éclairer toute entière. Mais je commence à me défier moi-même d'une expérience dont j'ai tiré, jusqu'à ce moment, si peu d'avantage.

C'est dans cette auberge, d'après le récit exact de mon déserteur français, que ma Gabrielle doit avoir passé quelque tems. Mais toute l'énergie de mes descriptions n'a pu réveiller aucun souvenir dans les têtes apathiques qui l'habitent; et pourtant ils l'ont vue, ils l'ont entendue. L'indignation m'a fait oublier ce que j'ai cent fois pensé et éprouvé sur le compte de ces sortes de gens, et je me suis répandu en reproches amers contre

l'abrutissement de ces êtres dégradés, sur qui les choses nobles
et belles font aussi peu d'impression que les spectacles les plus
vulgaires. Mes injures soule-
vèrent contre moi l'hôte et toute
la maisonnée, et j'eus ensuite
bien de la peine à me réconcilier avec eux.

A présent, je ne suis pas
même certain que Gabrielle ait
jamais vu les environs. Cependant je conserve un soupçon dont
je ne puis m'affranchir, et je
suis résolu de poursuivre mes
recherches.

Comment ? où ? J'ai déjà erré
dans trois parties du monde. Où

pourrai-je la trouver ? Donamar!
quand nous reverrons-nous ?

LETTRE XL.

Le Comte Donamar à St.-Julien.

Cassel, le 18 Avril.

COURAGE ! les guerres d'Allemagne ne blanchiront ni tes cheveux ni les miens avant le tems.
Tu erres, de ton côté, comme
le patient Ulysses et moi....
Voyez un peu le destin des
héros ! j'ai assisté, pour la seconde fois, à la perte d'une bataille, et je suis maintenant à
l'ombre, dans la bonne ville de

Cassel, comme prisonnier des Français.

O combinaisons! ô folies humaines! Comment vous distinguer les unes des autres quand on compare vos conséquences? Était-il possible d'avoir un meilleur général que le nôtre? Et, cependant, nous avons été aussi complètement battus par Bergen, que Frédéric l'avait été par Kollin. Pour les détails de l'affaire, je te renvoie aux gazettes; pour ce qui concerne ma propre captivité, je puis te l'expliquer en trois mots. J'étais à mon poste; notre peloton a été enveloppé, et nous avons vu la fin de la comédie.

Derrière la maison que j'habite,
est un petit jardin d'environ
vingt pieds quarrés, bien entre-
tenu par sa propriétaire, la veuve
d'un paisible prédicant. La bonne
dame à l'âge de trente six ans,
a perdu son époux, et cultive
encore les fleurs dont il faisait
ses délices. Dans ce jardin est
une petite enceinte que la veuve
nomme son cabinet de verdure,
et dans ce cabinet de verdure,
un vieux banc qui tremble sur
ses pieds vermoulus. C'est-là
que je m'assieds occupé, tantôt
à des réflexions semblables à celle
que je viens de te communiquer,
tantôt à compter les feuilles nais-
santes de la tulipe ou de la col-
chique. L'air souffle encore avec
fraîcheur

fraîcheur à travers les branches
dépouillées. Mais la terre a déjà
revêtu les livrées du printems,
et, quand le hêtre et le sureau
commenceront à pousser leurs
feuilles, le soleil aura le degré
de chaleur qui me suffit.

Le 20.

C'est une chose bien précieuse
que la tranquillité d'âme! Cette
pensée me rappelle une anecdote
dont je fus témoin avant ma captivité.

Dans un village protestant,
que traversaient nos troupes,
j'avais beaucoup entendu célébrer
la merveilleuse tranquillité d'esprit d'un ministre du voisinage.

Tome II. P

Il me prit fantaisie de lui rendre visite.

Je n'espérais pas qu'un homme de sa corpulence dût se lever avec beaucoup de promptitude, pour me recevoir à l'entrée de sa chambre. Aussi, sans attendre un semblable accueil, j'entrai après avoir annoncé mon arrivée en frappant à la porte. Un autre homme vêtu de noir, mais dont la taille et la figure étaient moins apparentes, se tenait debout devant lui, et lui bourrait sa pipe.

« Que souhaite Monsieur, » dit l'homme paisible, sans se troubler; et, pour perdre le moins de tems possible, il prît en même-tems la pipe des mains de son collègue, qui me regardait de travers, comme si j'étais venu pour rogner sa portion congrue.

« Asseyez-vous, Monsieur ! » dit l'homme tranquille, et sans attendre ma réponse, il se laissa tomber dans son grand fauteuil.

Mon attente fut trompée. L'entretien fut beaucoup moins amusant que je ne me l'étais promis, et je me retirai en regrettant la peine inutile que je m'étais donnée. Mais sa sagesse-pratique tira bientôt vengeance de mon incrédulité.

P 2

A peine nous étions-nous
éloignés, que, Dieu sait comment, un incendie éclata dans
le village de l'homme tranquille, et s'étendit avec tant de
violence, que nous retournâmes
sur nos pas pour porter du secours : le presbytère était tout
en flammes.

— « Oui, s'il voulait seulement se lever ! » disait les paysans occupés à prêter leur assistance.

— « Qui donc ? » deman-
dai-je.

« M. le Ministre. Il prend
sa méridienne. Nous lui avons
dit que le feu est à la maison;

mais il n'a pas voulu se déran-
ger, et s'est rendormi. »

Je commençai pour lors à rendre justice à cet homme, que
j'avais méconnu. Mais lorsque,
sans se remuer, il laissa le feu
gagner jusqu'à sa chambre, et
que six robustes gaillards trans-
portèrent, sur son lit, mon
homme, qui ne s'éveilla qu'à son
heure ordinaire, je me sentis
prêt à l'adorer.

Le 23.

Est-il jour ou nuit ? Suis-je
tourmenté par des esprits malins,
ou bien né pour croire aux miracles ?

Séparé du monde qui n'est plus

P 3

rien pour moi, je fus, ce matin,
faire un tour dans la prairie qui
sert ici de promenade. La beauté
du jour avait attiré beaucoup de
monde. Les contre-allées convenaient beaucoup mieux à mes
rêveries que la grande allée ;
mais le bois était trop clair pour
qu'on pût se croire seul, et par-
tout on pouvait voir et être vu.

Les grandes allées étaient couvertes de carrosses et de cabrio-
lets. Pendant qu'au bout d'une
route de côté, je tournais le coin,
les yeux errans à l'aventure,
j'entends tout-à-coup, derrière
moi, le bruit d'une voiture qui
s'avance avec rapidité. Je recon-
nais sans peine le galop court et

précipité d'un élégant attelage
isabelle, qui m'est des plus familiers. Un sentiment pénible
me repousse vers le coin, un
autre me fait avancer, et je vois
un phaëton bien connu, où Laurette de Wallenstädt était assise
à côté.... à côté de qui? qui!
Toi qui lis si bien dans les âmes,
Saint-Julien, ne saurais-tu deviner? à côté du fantôme inconnu. Le Français qui lui sert
de chevalier occupait le devant
de la voiture.

Le soir.

M'ont-elles reconnu? Et comment ne m'auraient-elles pas
reconnu? Immobile, je les contemplais comme j'aurais con-

templé le plus épouvantable mé-
téore. Peut-être m'ont-elles examiné elles-mêmes avec encore
plus d'attention : car, du moment que je les eus reconnues,
je ne vis plus autre chose; et
je ne pourrais te dire si elles
riaient ou pleuraient, ni de quel
côté leurs yeux étaient fixés.
Mais, aussi-tôt qu'elles furent
passées, je courus, comme un
fou,' hors du jardin.

Adieu, douce tranquillité! je
t'ai donc perdue de nouveau.
Les portes de la ville sont fer-
mées pour un prisonnier.

C'est en vain que l'oiseau
frappe, avec dépit, les barreaux

de sa cage. L'athmosphère pèse sur ma poitrine comme une meule de moulin. Je halète comme le cerf forcé, qui n'attend plus que le couteau du chasseur.

Le 24, au matin.

Et toi aussi, enfant chéri de la nature fatiguée, sommeil, ami des hommes, consolateur de l'infortune; et toi aussi, tu m'as abandonné! Pourquoi m'as-tu ravi les soins que tu me prodiguais encore il y a quelques jours? Pourquoi m'ôtes-tu la couronne de pavots, qui m'était plus chère que les lauriers de Frédéric? Tout mon embarras, à présent, c'est de savoir ce que

je veux. Mais, s'il m'est indifférent que Madame de Wallenstädt soit venue à Cassel pour
des motifs ordinaires, ou dans
un dessein tout particulier,
peut-il être d'aussi peu d'importance pour moi de savoir quels
sont ses rapports avec l'inconnue, et quelle relation le Français peut avoir avec celle-ci ?

Je consentirais à subir les
jeûnes et la discipline comme
un chartreux, si les jeûnes et la
discipline pouvaient amortir ma
curiosité : mais tu connais la nature de mon âme.

J'ai, ce matin, brûlé en céré-
monie le portrait de Laurette de

Wallenstädt, avec touté la dé-
votion d'un Anglais qui réduit
en cendre l'image de notre très-
saint Père. A mesure que les
flammes dévoraient un de ces
traits, dont la vue m'animait,
naguère, d'une si douce ivresse,
je suivais avec délice ses ravages,
et mon sein palpitait dans les
transports d'une joie farouche ;
mais lorsqu'enfin la flamme s'é-
teignit, quand les étincelles,
jaillissantes l'une après l'autre
des charbons expirans, disparurent jusqu'à la dernière, je
repoussai, du pied, ce spectacle
dans les cendres ; et je dis, en
soupirant : c'en est assez.

En vérité, mon esprit s'égare

quand je l'abandonne à ses vagues
rêveries.

Tant que mon cœur palpita,
au seul souvenir du bonheur que
j'ai trouvé près de Wallenstädt,
je me suis cru perdu, si jamais
il m'arrivait de la revoir. Comment se peut-il que la chance ait
si fort tourné? Sa vue a produit
en moi ce que je n'osais pas attendre de la raison. Il me semble,
en voyant Laurette de Wallenstädt si belle, que je pourrais haïr
la beauté.

Pourquoi aussi, lorsque je
l'ai revue, s'est-elle exposée à
une si dangereuse comparaison?
A-t-elle assez de confiance dans
la

la régularité des traits, dans la beauté conventionnelle des formes, pour ne pas craindre l'approche d'un visage où respirent la noblesse et la dignité de la vertu ? L'excellence de la nature a plus de pouvoir sur nous, que les Laurettes ne peuvent se l'imaginer. Et, quel était, si nous l'examinons de près, ce charme qui environnait Laurette d'un éclat surnaturel ? Une réflexion de celui de ma belle inconnue.

Laurette agissait sur mon cœur par une puissance qui lui était étrangère ; et mon adoration, comme l'a dit le devin de mon songe, n'était qu'une erreur d'optique.

Tome II.   Q

Mais, qui est cette inconnue? qui peut-elle être? Un Français pour conducteur! Une Laurette pour compagne ! Si son cortège ne répond point à mes questions, où faut-il chercher une réponse? Je sais tout cela ; je le sais si bien, que je pourrais en composer un traité. Quelle idée aurais-je de ma science du monde, si je pouvais l'ignorer ? Et, cependant.....

Dis - moi, quoique l'expérience puisse nous apprendre, n'est-il pas généreux de penser toujours le plus avantageusement possible des personnes inconnues ?

Le 25....

Fort bien, ma belle Dame !
Vous avez donc encore des desseins sur moi ? Je croyais que
vous m'aviez abandonné.

Mais, si vous êtes enfin parvenue à me déterrer, que croyez-
vous y gagner ?

J'ai observé, ici, un certain
drôle, un grand escogrif, qui
porte, sous une vieille livrée,
la figure d'un fieffé maraut. Ce
coquin-là est constamment devant ou derrière moi lorsqu'il
n'est point à mes côtés, et je
le vois sans cesse, dans la rue
ou dans la prairie, soit que je
sorte à cheval, soit que j'aille
Q 2

me promener à pied. Si je regarde par la fenêtre, je le trouve,
à droite ou à gauche, planté,
dans un coin, comme un piquet
perdu, et ce fripon me regarde
effrontément sous le nez. Qui peut
avoir loué cet impertinent, qui
prend visiblement tant de peine
pour gagner son dîner ?

Ainsi , vous voulez des ren-
seignemens sur mon compte,
Madame de Wallenstädt ! et
pourquoi ne pas vous adresser
directement à moi ? Je pourrais vous en donner qui auraient
plus de liaison sans doute, et
plus d'autorité que ceux qui vous
parviendront par des moyens
aussi bas.

Hier, il me prit une envie de saisir le maraut au collet, et de le secouer pour lui apprendre au moins à mieux cacher son jeu. Mais je fis réflexion. Le coquin paraît si rusé que, certainement, il jouerait mieux son rôle, s'il n'avait point des ordres pour le laisser découvrir. Et pourquoi ? Pour m'exciter, n'est-ce pas ? pour me porter à donner les étrivières à ce pauvre diable ? Ne vous ai-je point devinée, ma belle institutrice ? Voyez si vous n'avez point rapidèment formé votre écolier ?

Mon hommme pourra donc, autant qu'il sera en moi, suivre, épier, examiner autour de moi,

Q 3

si ce métier peut ajouter quelque chose à ses émolumens.

Le soir.

Si je me rappelle bien ma leçon, il faut confirmer dans leur idée, les gens qui s'imaginent nous tromper. Mais aujourd'hui le hasard a porté ce pauvre pêcheur un peu trop près de moi pour ne pas être obligé de m'en débarrasser.

Il faisait, le soir, son service ordinaire ; mais il me suivait de si près, que je n'ai pu me dispenser de le saisir au collet.

Il fit un bond d'épouvante,

Mais je le retins avec douceur, et lui dis, sans colère :

— « Bonjour, l'ami ! »

Le pauvre diable tremblait, et ne fit point de réponse.

«Dis-moi, » continuai-je avec plus de vivacité, « combien te donne-t-on pour me suivre tous les jours à la piste ? » Question inutile. Ses lèvres tremblantes ne purent former aucun son. Je tirai de ma poche un ducat que je lui montrai.

« Pauvre diable! tes joues creuses annoncent de reste que tes services sont mal payés. Tiens,

prends ceci, et quand tu auras
faim, reviens me voir. »

Je jettai le ducat dans son
chapeau, et je le laissai les yeux
ouverts et la bouche béante.

Le 27.

Encore ! encore ! toujours battu,
toujours chassé du champ de
bataille !

L'affaire devient sérieuse ,
mon cher Saint-Julien.

Je ne m'allarme point ici
comme feu Saint Antoine qui
en vint aux prises avec l'esprit
malin pour le chasser. J'ai parlé
à Laurette de Wallenstädt. Si

c'était là tout ! la crise est passée. Je l'ai soutenue, et elle ne peut que contribuer à ma guérison. Mais en même-tems j'ai parlé à l'inconnue.

Nous avons ici un opéra italien. Tu sais combien la musique a d'empire sur moi ; et cependant, soit idée, soit autrement, il s'est passé quelque tems avant que je pusse me résoudre à le visiter. Hier, on donnait un nouvel opéra comique. Le Capitaine W***, un homme en qui j'aurais eu confiance comme dans un Saint, me pressa avec tant d'instance que je lui promis de l'accompagner, s'il voulait retenir une loge pour nous deux.

La joie qu'il laissa éclater, lorsque j'accédai à sa prière, ne
m'inspira aucun soupçon. Lors
même qu'il me quitta, sur le
champ, sous prétexte d'une affaire tout-à-coup survenue, je
ne suspectai aucune intelligence
entre lui et une Dame, dont jamais je ne lui avais entendu proférer le nom.

A l'heure du spectacle, le perfide revint pour m'emmener. Je
m'étais proposé de m'en aller, si
les propriétaires des loges voisines ne me convenaient point.
Mais il sembla que, de ce côté,
le complaisant capitaine s'était
prêté à ma fantaisie; car la loge
de la droite était occupée par des

gens indifférens, et celle de la gauche était vuide.

L'ouverture commença. Une symphonie, d'un mouvement aussi vif qu'elle était mélodieusement modulée, répandit dans mon âme la plus douce sérénité. Quelques étincelles de joie brillèrent dans mon cœur, et j'y sentis un bien-être auquel depuis long-tems il était étranger. J'étais tout attention. La pièce commença ; et ce ne fut qu'à la fin du premier acte que je m'apperçus de l'absence de mon compagnon. Le Capitaine était disparu.

Un pressentiment, que je n'a-

Q 6

vais pas éprouvé depuis long-
temps, me saisit tout-à-coup,
et produisit l'effet d'une balle sur
mon cœur. Je n'écoutai plus la
musique ; je pris mon chapeau,
et je m'apprêtais à sortir.

Pendant que j'étais au fond
de la loge, et que ma main se
posait sur la serrure, j'entendis
ouvrir la porte de la loge du côté
gauche. Je ne pouvois voir ni
être vu. Ma main restait sur la
serrure. J'écoutai un moment.
La loge vuide était occupée
enfin. Par qui ? Cette question
me fit frissonner.

Il m'était impossible de partir
avant d'avoir satisfait ma curiosité ; et cependant un sentiment

involontaire me pressait de me retirer. Pendant que mon âme flottait dans cette incertitude, la finale du premier acte se termina au bruit des trompettes et des cymballes.

Enfin, je pris une résolution, et je me préparais à ouvrir la loge. Vains efforts. La serrure était de celles qu'on n'ouvre en dehors et en dedans qu'au moyen de la clef. Je cherchai la clef; elle n'y était point. Je fouille dans ma poche, mais j'étais sûr de ne l'avoir point tirée. Mes mains se promenèrent sur le plancher. Point de clef.

Un voleur, arrêté dans sa fuite par le pan de son habit, éprouve,

sans doute, une sensation semblable à celle qui s'empara de
moi dans ce moment. Le découragement, la honte, l'irrésolution et la douleur réunirent toutes
mes facultés en un seul point.
Enfin, j'allais, par un effort, en-
foncer la porte, mais l'idée de
passer pour un fou me retint, et
m'empêcha de faire un éclat. Il
eût été trop ridicule de rester
dans le fond de la loge. Car si
Laurette était réellement dans la
loge voisine, j'allais jouer le rôle
d'un enfant maussade. Mais ce
qui me tourmentait le plus, c'é-
tait l'incertitude de savoir si réellement Laurette était là, ou si
je m'étais abandonné à de frivoles appréhensions.

Cependant la musique se tut,
et je distinguai bientôt, à travers
le bourdonnement de différentes
voix le son si connu de celle de
ma Syrène. Ce moment fut le
dernier de mon irrésolution ; je
rassemblai tout mon courage, et
m'avançant dans la loge, je
m'appuyai tranquillement sur le
rebord.

« Me trompé-je, ou bien ai-je
l'honneur d'appercevoir Mon‑
sieur le Comte de Donamar ? »
Telle fut l'apostrophe qui partit,
en français, de la loge voisine.

Je me levai, et fis une pro‑
fonde révérence à la société. Plût
à Dieu que j'eusse alors fermé

la conversation par une retraite dans le fond de la loge, ou qu'au moins je l'eusse bornée à répondre oui et non à toutes les questions que l'on aurait pu me faire ! Mais pourquoi le ciel a-t-il donné aux hommes les mouvemens de routine, ces sentimens d'habitudes, auxquels le cœur et la raison n'ont point de part? Sans songer à ce que je disais, le maudit : *comment vous portez vous* était déjà sorti de mes lèvres. L'adroite Laurette le releva, et je me trouvai engagé.

Le talent d'encourager est, de tous les talens, celui que les dames du grand monde possèdent au plus haut degré, et Laurette

le développa dans toute son énergie. Elle commença par causer
légèrement ; et, quand elle eut
lieu de juger que ce qu'elle avait
pris pour de l'étonnement était
tout-à-fait dissipé, elle continua
à babiller, avec tant de vivacité,
de gentillesse, sur le tems, sur
son voyage, sur la comédie, etc.,
que je fus obligé de lui tenir
tête, pour ne point me compromettre au lieu d'elle.

Avec tout cela la belle Dame
courait quelque risque, en me
laissant revenir à moi-même ; et
qui sait ce qu'il eût pu lui en
arriver, si elle ne s'était trouvée
tout-à-coup appuyée d'un côté
que personne, excepté moi, ne

pouvait soupçonner? La société
consistait encore en trois personnes, et de ces trois, je n'en
voyais qu'une; une dont les
yeux, pendant une seule seconde, venaient de quitter leur
voile pour me frapper de tout
leur éclat.

Qu'on l'a bien dit avec raison,
St-Julien ! les yeux sont l'âme
de la beauté. Ce n'était point
ce feu brillant, cette vacillante
lumière qui part de la paupière
active d'une Laurette; c'était une
clarté pleine, tranquille, rayon-
nante, sans copie, sans modèle
dans la nature; un soleil d'un
bleu foncé-éclatant, sur un fond
d'un blanc légèrement bleuâtre.

Comme notre reconnoissance s'était faite sur un ton tout-à-fait amical, Laurette me présenta à la société, et m'en nomma les différens individus.

M. le Marquis de Cressy ! C'était précisément le Monsieur au nez en bec-à-corbin, qui m'avait si fort impatienté dans le bois de M * * *. Madame la Marquise de Fougères ! une Dame enluminée, dont les attraits surannés se permettaient encore de très - hautes prétentions. Enfin, pour la dernière.... et comment pouvait-on suivre nn ordre si ridicule de présentation? Mademoiselle d'Aubecourt. Mademoiselle, et non Madame.

Et, cependant, le Marquis n'a-
vait rien épargné, dans le bois,
pour me faire penser qu'elle
était son épouse. Mademoiselle
d'Aubecourt ! une Française !
Et, cependant, le peu de mots
allemands échappés de ses lèvres avaient un accent si pur!
Toutes ces idées se pressèrent
en foule dans mon esprit, quand
Laurette de Wallenstädt prononça son nom, et leur effet
naturel fut de répondre, pour
tout compliment, à cette présentation, en m'écriant, avec
toutes les marques de la surprise : Mademoiselle d'Aubecourt !

« Comment, » reprit Laurette,

« connaissez-vous, ou cherchez-vous une dame de ce nom ? »

Que le serpent s'abreuve de son venin ! pensé-je en moi-même, sans faire de réponse. Mais Monsieur de Cressy, fort communicatif de sa nature, prit la parole à ma place, et entama, avec toute la prolixité, dont il m'avait autrefois donné des preuves, un long détail de l'essieu rompu et de notre histoire.

Pendant qu'il babillait, et que Laurette saisie d'étonnement, était toute oreille, je cherchai à dérober un regard de ces yeux qui, si j'en croyais leur premier langage, ne pouvaient pas

me rencontrer avec inimitié.
Mais elle était tournée d'un autre
côté comme si je n'eusse point
été là.

L'irrésolution s'empara de plus
belle de mon esprit.

Cependant le Français ne fi-
nissait point son histoire. Enfin
quoique jusqu'alors , on n'eût
parlé que français, je m'adressai
en allemand à la belle inconnue.

« Mademoiselle d'Aubecourt a-
t-elle voyagé plus heureusement,
depuis que j'ai été privé de
l'avantage de la voir ? »

La figure enluminée se tourna

tout-à-coup. Laurette laissa tomber son évantail, et la parole se glaça sur les lèvres du Marquis.

Enfin l'inconnue répondit, en baissant les yeux :

« Vous montrâtes alors, M. le Comte, plus d'inquiétude que la chose en elle-même ne le méritait. »

Comment interpréter cette réponse ? Annonçait-elle de l'indifférence ou de l'intérêt ? Avait-elle une signification apparente ou cachée ? Elle s'appuya en se penchant légèrement comme pour regarder quelque chose dans le parterre. Je me trouvais dans la situation de quelqu'un qui s'est trompé de porte. Laurette se retenait pour ne point sourire. Le Marquis cracha et finit son récit.

Après un moment de silence, Laurette me mit de nouveau en jeu.

« Vous ne m'aviez jamais parlé de cette aventure, M. le Comte ! »

« J'ai très-bien fait. » Avec cette réponse aussi précise que laconique, je me tournai pour fixer les yeux sur le parterre.

« Fort bien, reprit-elle, en souriant,

souriant, avec amertume, « mais votre exclamation au nom de Mademoiselle d'Aubecourt, nous a mis au fait de tout. »

J'étais en train , et la réponse suivit sans réflexion.

« Elle vous en apprend à-peu-près autant, que l'observation de Madame de Wallenstädt peut en découvrir snr sa manière de penser. »

« Nous n'étions pas en reste , et son trait fit à-peu-près un effet aussi douloureux sur moi que le mien en produisit sur elle. »

« Voilà une réponse, M. le Comte, qui ne peut manquer

Tome II.   R

de vous recommander en tems
et lieu. »

Elle fit une mine à la Dame
inconnue qui n'avait point alors
les yeux fixés sur nous. La
Marquise plâtrée éclata de rire.
Le Marquis se dressa, et allon-
gea le cou comme un coq qui
s'apprête à chanter. Avant que
j'eusse trouvé ma répartie, le ri-
deau se leva, et la musique
mit un terme à notre conversation.

Le Capitaine W*** rentra
dans la loge, et s'excusa d'avoir
emporté la clef par mégarde.
Ma seule réponse fut un regard
qu'il pût interpréter à sa guise;

Au bout d'un quart d'heure, je pris, très-poliment, congé de la compagnie.

LETTRE XLI.

Le Comte Donamar à St.-Julien.

Cassel, le 28 Avril.

MADEMOISELLE d'Aubecourt! quel nom pour une semblable figure! Peut-être le hibou qui la retient dans ses serres l'a-t-il ainsi baptisée. Si j'étais sûr qu'il l'y retînt contre son gré!...

Mademoiselle d'Aubecourt! au fond, le nom est aussi bon qu'un autre, si toutefois c'est vé-

R 2

ritablement le sien. Mais si elle
n'est point mariée avec ce Français, et que, pourtant....

Que le ciel confonde l'horrible
mystère ! Je saurai dissiper les
erreurs dont je suis environné,
ou mon esprit, toujours entravé
par des chaînes, ou obscurci par
des ténèbres, s'abandonnant à
toute l'énergie de sa volonté,
saura une bonne fois s'élancer
dans les régions de la vérité et
de la paix.

L'amour et l'estime sont deux
sources sacrées qui communi-
quent ensemble. Si l'une se
trouble, l'autre perd bientôt sa
lucidité.

Conçois-tu le tourment d'aimer l'objet qu'on méprise ?

Laurette s'offrait à travers un
médium, qui la grossissait à mes
yeux. L'admiration avait sup-
plée à l'estime, et son illusion a
pu durer quelques instans. C'eût
été fait de moi, s'il m'eût été
impossible de cesser d'aimer la
femme qui.... Que le génie qui
protège ma vie me préserve de
sentir, par expérience, ce dont
je viens de pressentir la possibilité ! Le moment où l'on me
découvrirait que celle à qui j'aurais lié mon sort aurait perdu ses
droits à l'estime des hommes,
ce moment serait le dernier de
sa vie et de la mienne.

R 3

Une jeune personne d'une beauté angélique, et qui court le monde avec un Français, au gré duquel elle change de nom ! Est-ce malgré elle ? Pourquoi le faire alors ? Le monde est vaste, et des cloîtres offrent leur asile de tous côtés.

Et, cependant, ce regard, cette apparence céleste ! ce calme saint et mélancolique, dont le charme se répand sur toute sa personne !

Quoiqu'elle puisse être, elle est malheureuse ; j'en suis aussi sûr que de mon existence.

Quoi, la femme de mon cœur !

celle qu'un nœud si saint pouvait unir à moi ! elle voyage jour et nuit avec un être aussi méprisable !

Mais.... Les mais se succèdent à ne point finir, et ne portent conseil ni remède.

Le 30.

Saint-Julien ! mon ange gardien ! mon seul, mon dernier recours ! dis-moi, est-ce l'enfer, est-ce le purgatoire, dont les supplices sont dans mon cœur ?

Mes tentatives, pour obtenir quelque accès auprès d'elle, sont tout-à-fait inutiles. J'ai bien compté sur les efforts cachés, et

sur les ruses de celle qui s'op-
posent à mon bonheur, mais je
n'ai rien redouté de semblable;
et pourtant il semble, de tous
côtés, qu'on ne s'occupe point
de moi.

J'ai pris des informations sur
le compte de la Marquise de Fougères. Personne n'a pu me rien
dire, sinon qu'elle est ici, depuis
un an, bien reçue dans tous
les cercles, et par-tout, enfin,
où je ne puis me présenter. Le
Marquis de Cressy n'est point
connu.

Je n'ai jamais éprouvé ce que
je ressens depuis deux jours.
C'est un accablement qui se ré-

pand sur toute la machine.....
Je n'ai plus d'appétit.... Il me
semble que je suis à la veille
d'une maladie.

Le 2 Mai.

C'est malgré la défense du médecin que je t'écris trois mots.
Peut-être ce sont les derniers.
Je ne puis supporter l'idée d'é-
tayer une existence chancelante
des secours incertains du char-
latanisme. Ma dernière pensée
est pour toi. Ne te fais pas attendre trop long-tems dans le séjour
heureux qui, sans doute, doit
nous réunir.

Fin du second volume.

www.ingramcontent.com/pod-product-compliance
Lightning Source LLC
Chambersburg PA
CBHW070345030726
47504CB00001B/71